だれかの木琴

井上荒野

幻冬舎文庫

だれかの木琴

1

新しい家に引っ越してから、親海《おようみ》小夜子《さよこ》は鍵を二本持つようになった。一本目は玄関の鍵。そして二本目はホームセキュリティシステムの鍵。夫の光太郎《こうたろう》が警備会社の営業をしていて、家を買ったのを機に自宅にも取りつけることにしたのだった。

まず一本目の鍵で家の中へ入ってから、リビングに設置したコントロールボックスにセキュリティ解除キーを差し込む。これは一分以内にすまさないと、不審者の侵入と見なされて会社に信号が届いてしまう。先々月、越してきてすぐに、玄関からリビングまで一分で行けるかどうか家族で練習した。小夜子と光太郎と、十三になる娘のかんなとで。

新しい家になってきっと三人とも浮かれた気分だったのだろう。光太郎はストップウォッチまで用意していて、ひとりずつタイムを計った。前の借家よりずっと広くなったとはいっても大豪邸などではないのだから、玄関からリビングまで真っ直ぐ向かえば誰だって問題なく一分以内で行ける。結局タイムを競い合うゲームみたいなことになった。いちばん早かったのはかんなだった。親ふたりが娘に花を持たせたということに違いないけれど。光太郎にいたっては装置の手前でわざとらしく転んでみせて、かんなに呆《あき》れられていた。

玄関を開けてからコントロールボックスに鍵を差し込むまでは、警告音が鳴り続ける。光太郎は帰りが夜遅くなることも多いから、寝ている家族を起こさずにすむように音量を最小に設定した。するとその音に耳が慣れてしまって、セキュリティのことをうっかり忘れてしまうということが起きた。たとえば小夜子が買い物から帰ってきて生ものを冷蔵庫に入れている間に信号が発信され、警備会社から確認の電話がかかってきたことが最初の頃は何度かあった。窓にもセンサーがついているのでそちらでも――小夜子やかんなだけでなく、光太郎でさえ――幾度か誤報することになった。セキュリティに包囲されて暮らしているのだということに慣れてきたのはようやく最近になってからだ。

鍵、と小夜子は呼んでいるが実際はそれはスティックだ（光太郎はそう言う）。長さ五センチほどの薄っぺらい長方形の板。それをコントロールボックスのスリットに差し込む。オカエリナサイマセ。機械が応答する。オ留守中ノセキュリティヲ解除シマシタ。引キ続キゴ在宅中ノ安全ヲ監視シマス。安心シテオ過ゴシクダサイ。

応答が終わったあとのコントロールボックスを、小夜子はしばらくの間眺めていた。あたかも、そうしていればそれがもっと何か役に立つことを喋《しゃべ》り出す、とでもいうように。装置を取りつけた壁の横は大きく取った窓で、植えつけた木や草花がようやく馴染んできた五月の庭が見渡せる。庭造りには光太郎が凝った。ガーデニングの本を何冊も読破して、庭のデザインも植木屋との交渉も全部彼が引き受けた。小夜子にとってそれは夫の意外な一面だったが、ある意味ではまったく彼らしい一面であると考えることもできそうだった。つまり、とうとう一軒家の所有者になった喜びやあらたな決意などを、そういう形で自分にも妻や娘にもわかりやすく示そうとしているのだろう、という点において。律儀というのは夫の性質の中の肝心な部分であると小夜子は思っている。

ポーチの柱にミニバラがうまく絡みはじめている。光太郎は赤がいいと言ったが小夜子とかんなとで説得して白バラにしてもらった。パパにまかせておいたら遊園地みたいな庭になっちゃう。かんなの科白《せりふ》はよく意味がわからないながら小夜子の中にもある気持ちをぴたりと代弁しているような気もした。あのときの光太郎の恥ずかしそうな、幾分傷ついたような顔。新しい家に移っても思い出はさっそくできていく。

何か妙な感じがあったがそれは自分の髪が発散している匂いのせいだった。美容院から戻ってきたところなのだ。普段使わないヘアスプレーの香り。今日行った美容院は新居に近いはじめての店だから、今まで通っていた店のヘアスプレーとも違う。柚《ゆ》子《ず》とハッカを混ぜたような香りがする。

まだ肩に提げたままだったバッグの中で携帯電話が鳴り出した。光太郎からだった。

今、家？　そうよと答えると、近くまで来たからちょっと寄ると言って切れた。めずらしいこともあるものだ。奇妙に思う間もなく、玄関が開く音がした。

「奥様、お邪魔いたします」

と光太郎はふざけた。

あかるいグレイのサマーウールのスーツに、モーブのワイシャツ。ネクタイはえび茶色。ズボンの折り目もワイシャツの襟元も、おろし立てのようにぴしっとしている。そういう彼の出で立ちを誂《あつら》えるのは――服を選ぶのもアイロンをかけるのも――小夜子自身であるにもかかわらず、小夜子は夫の姿に、あらためて目を瞠《みは》る思いがした。自宅に戻ってきたといっても光太郎にとっては勤務中の寄り道に過ぎなくて、気分の比重は仕事に置いたままであるせいかもしれない。

「コーヒーでも飲む？　お茶？」

幾分緊張しながら小夜子は聞いた。お茶でいいよ、と光太郎は答えてから、あ、やっぱりコーヒー飲もうか、と言い直した。彼も多少居心地が悪いのかもしれない。

「うちのすぐ裏。崖の下に大きい家があるだろ？　この前まで外壁を塗り直してたところ。あの家に今行ってきたんだよ」

光太郎は小夜子より五つ上の四十六歳、百八十センチ近い上背があり、がっちりした体格をしている。高校、大学とラグビーをやっていた。眉も睫毛《まつげ》も濃い南方系の顔立ちだが、肌が浅黒いのはゴルフ焼けのせいだ。

「うちは崖の上の公園の隣ですって言ったら、話がはずむはずむ。初回で契約してくれたよ。うちもフル装備つけましたっていうのが効いたな。それだけでもつけた甲斐があったってもんだな」

アッハッハ、という笑い声にもどこかよそゆきの響きがある。小夜子はリビングのテーブルにコーヒーを運び、光太郎と向かい合った。

「うちと同じか——いや、うちよりは若いな、ダンナのほうが君と同じくらいだった。子供はいないけど猫を何匹も飼ってるんだ、旅行が多いから、留守番する猫のことが心配なんだってさ」

「でも猫は……」

光太郎の饒舌《じようぜつ》に小夜子は気圧《けお》されたようになってしまう。

「ん？」

「留守番っていったって、ごはんやトイレなんかはどうするのかしら」

アッハッハ。光太郎はまた笑う。それは僕も聞いたんだよね。

「それはそれでプロがいるんだってさ。キャットシッターっていったかな、猫の世話をする人が来るらしい」

「そう……今は何でもあるのね」

「何でもあるんですよ、奥さん」

光太郎はカップを置き、上着を脱いだ。

「奥さん、こっちに来て座りませんか」

小夜子が戸惑って曖昧に笑い返すと、光太郎は立ち上がった。

「奥さん。いいでしょう？　奥さん」

小夜子は驚いた——いつまでふざけているのだろうと思っているうちに、光太郎は小夜子を引き寄せ、キスしながらソファの上に押し倒したからだ。

性生活は途絶えているわけではなかったけれど、昼日中から抱き合うなど休日にしてももう何年もないことだった。もしかしたら光太郎はこのために帰ってきたのかしら。それとも契約を取ったあとはいつもある種の高揚があって、たまたま近くにいる妻でそれを収めた、ということだろうか。

あれこれ考えていたせいで行為自体には上の空になってしまった。終わったとき、光太郎が俄《にわ》かに恥じ入る様子になったのはそのせいかもしれない。実際彼は上半身はワイシャツを着てネクタイも締めたままで、下半身だけ露出しているという滑稽な格好になっていたが、まるで誰かに無理矢理辱《はずかし》められてそんな有様になってしまった、とでもいうように、放心した表情と機械的な素早さで床の上に散らばっていたトランクスやズボンを身につけた。

それで、小夜子も慌てて身仕舞いした。機械的にというのは小夜子の場合、ソファを降りてキッチンへ行くことらしかった。そこでとくに何も用がないのに来てしまったことに気づいて、「何か飲む？　お水でも？」とリビングに声をかけたが、光太郎はいっそう恥じ入ったふうに「いや、いい」と答えた。それから彼は洗面所へ入ったが、顔を洗い、口をゆすぐ水音が小夜子の耳に届いた。

「それじゃ、行くよ」

再び小夜子の前にあらわれたとき、光太郎はもう上着も着込んで、来たときよりもいっそう隙《すき》なく営業マン然としていた。それで小夜子は、夫が最初ふざけたとおりに、見知らぬ男とよろめいたような気分にもなった。

「行ってらっしゃい」

そう言ったのは、そうしか言いようがなかったからだが、光太郎はばつが悪そうな顔で少し笑った。

「九時前には帰るよ」

携帯電話が鳴った――電話ではなく、メールの着信音だった。その音は奇妙に大きく響き、ふたりは一瞬顔を見合わせた。

「俺のじゃない」

ふたりが立っているすぐそばのダイニングテーブルの上に小夜子の携帯が置いてあり、それが青い光を放っていた。光太郎が待っている様子なので、小夜子は着信をたしかめた。

「美容院からだわ」

見る？　というふうにモニターを光太郎のほうへ向けたが夫は頷《うなず》いただけだった。

「今日、はじめての店へ行ったのよ。顧客名簿にメールアドレスも書いたから……」

「なんだって？」

「なんでもないわ。ありがとうございましたって」

「営業メールだね」

光太郎は呟《つぶや》いて玄関へ向かった。ドアを開けたところで忘れ物でも思い出したように振り返り、

「髪を切ったんだね」

とたしかめた。

コーヒーを飲んできたばかりだったが、光太郎は喫茶店に入った。

自宅最寄り駅の前の、はじめて入る店だ。喫茶店には日に二度三度と入ることもあるが、自宅近くではどの店も一度も利用したことがない。──だが、これからこの近所での仕事も増えるかもしれないからな、と言い訳のように考える。

こざっぱりした小さな店だった。テーブル席は六つ、ほとんど眠ったような顔で携帯電話をいじっているやはり営業マンふうの男がひとりいるだけだ。入口に近い席に光太郎は座った。髪を堆《うずたか》く結い上げた化粧の濃い女が、水のグラスを運んでくる。

「コーヒー、アイスで」

ほとんど何も考えずにそう言ったあと、「あ、ちょっと待って」という言葉が出た。

「何か食うものあるかな」

「ランチタイムは終わっちゃって……」

女はいったんそう答えてから、舐《な》めるような目で光太郎を見た。

「お腹《なか》、空《す》いているんですか」

うん、と光太郎は頷く。

「焼きめしでよかったら作るけど。ポーク焼きめし」

「うん」

光太郎は再び頷き、女がじっと見下ろしているのに気づいて、「うん、それをもらうよ」と言い直した。

女がカウンターの奥に引っ込んだとたん、腹などまったく減っていないことに光太郎は気づいた。いったい何であんな注文をしてしまったのかさっぱりわからない。

注文を取り消そうと思いながら、今一度女に声をかけることが途方もない難事に思え、結局、ひとりで飲食店に入ったときはいつもまずそうするとおり、先程交わしたばかりの契約書をテーブルに広げた。客の住所氏名や判子や、やれと言われれば空で暗唱できるほど馴染んでいる書類の文面を、布の織り柄のように眺めた。おかしい、と光太郎は思う。

俺はおかしい。

そもそも自宅に寄る前は、一休みしたら近所の家でめぼしいところをアポなしで回ってみようと考えていたのだった。意欲満々だったのに、家を出たときにはすっかりその気が失せていて、駅に直行してしまった。そして現在高架に改築中の駅舎の、ばか長い仮設階段を見上げると、それを上る気力さえなくなって、ふらふらと喫茶店に入ってしまった。

ようするにひどく消耗しているのだ。そしてどのように自分自身に言い繕っても、消耗したのは妻とセックスしたせいに違いなかった。俺はおかしい。

ぎょっとするような匂いが漂ってきて、顔を上げると、女が料理を運んできていた。

ポーク一枚サービスね。いったい何があったのかと思うほどの媚《こ》びた笑顔で、女はぎゅっと笑い、それを光太郎の前に置いた。

茶色く煮しまった豚肉で覆われた丼。焼きめしという話じゃなかったのかと光太郎は思うが、もちろんそれを女にたしかめる気にもなれない。とにかく飯だけでも少し食うしかないだろうと決心して豚肉をはがしてみると、脂ぎった茶色い米粒があらわれて呆然《ぼうぜん》とする。

呼び鈴は聞こえていたが小夜子は放っておいた。

シャワーを浴び、髪を洗っていたのだ。まさか光太郎が出ていってから十分足らずで戻ってくる筈《はず》もないし、宅配便なら来るときは午前中に来るし、だとすればセールスの類《たぐい》だろう。営業マンを夫に持つ身としては、何のセールスでもとにかくドアだけは開け、相手の顔を見ることまではしようと決めているが、濡《ぬ》れた体と髪を拭《ふ》いて服を着ている間に、どのみちあきらめて帰ってしまうだろう。

しかし髪を洗い終わっても呼び鈴はまだ鳴り続けていた。怒りにまかせたように間断なく鳴っている。小夜子は急いで浴室から出て体を拭いた。慌てたので、着替えるつもりで持ってきていたジーンズではなく、さっきまで着ていたスカートをまた穿《は》いてしまった。洗い髪から落ちる滴《しずく》をタオルで押さえて、小走りに玄関へ行った。

「何で真っ昼間から風呂とか入るかなあ」

ふくれっ面《つら》で立っていたのはかんなだった。鍵を持っていくのを忘れたのだという。浴室の窓は高いところにあるから覗き込むことはできないが、水音が聞こえたので母親が在宅であることはわかったらしい。

「呼び鈴じゃなくて声で呼べばよかったのに」

「近所の人に聞かれて恥ずかしいじゃん。子供じゃないんだからさ」

子供じゃないの。笑いながら言い返そうと思ったがなぜか声にならず、小夜子は胸の中で呟く。かんなは通学用のスポーツバッグをソファに投げ出すと、冷蔵庫に直行してオレンジジュースの紙パックを取り、もう片方の手でコップ立てのグラスを持ってダイニングの椅子に座った。先に自分の部屋へ着替えに行ってくれればいいのに。小夜子はそう思い、自分のそういう心の動きに動揺した。

「朝のサンドイッチもう残ってないんだっけ？」

「あなた、きれいに食べちゃったじゃない。クロワッサン買ってきたから、ソーセージでも挟んで食べる？」

「クロワッサンは太るんだよねー」

でも食べる、ということらしいので、小夜子はクロワッサンをホイルに包んでオーブントースターに入れ、小さなフライパンでソーセージを炒めた。シャワーの水気をしっかり拭《ぬぐ》えなかったので、スカートの下が蒸し蒸しする。いやそうじゃない、体はもう乾いている、べたつくような気がするのはさっき夫とセックスしたときこのスカートを穿いていたせいだ。早く着替えたい、と小夜子は思う。

作業の合間に窺《うかが》うと、かんなはテーブルの上に身を乗り出して、携帯電話を両手で捧げ持つようにして操作している。メールでも読んでいるのか、時折くすっと笑ったり、「うっそ、マジ？」と小さく呟いたりする。そんな様子はひとり遊びをしている幼児の頃を思い出させたが、同時に、張り巡らせていることを本人は意識すらしていない、だからこそ冷ややかで強固な膜が娘の上をぴっちりと覆っているような感じもした。

「クラブ活動はどうだった？」

切り込みを入れてレタスとソーセージを挟んだクロワッサンの皿を娘の前に置き、小夜子はそう聞いてみる。かんなは中学入学と同時に体操部に入部していた。華奢《きゃしゃ》で小柄な体型は小夜子に似て、運動神経の良さは光太郎の血を受け継いでいる。

「ふつうだった」

「いいふつう？　悪いふつう？」

「ふつうにふつう」

縫い物でもしているような律儀な指の動きで携帯電話のボタンを押し続けながら、かんなは答える。ユーモアのつもりなのか、それとも不機嫌なのか、あるいはそれこそただふつうに答えているだけなのか、小夜子にはわからない。いつからかわからなくなった。

かんなが体操部に入ったと聞いて、子供の無鉄砲さで能力以上の運動をして——高い平均台から落ちたり、マットの上でへんなふうに体を捻《ひね》ったりして——怪我をするのではないかと心配したのは、ほんの一ヶ月前のことにもかかわらず、もうはるか昔のことに思える。今はもうそんな不安は微《かす》かしかない。この子はうまくやるだろう、と確信できる。

にもかかわらず、部活動中のかんなを思い浮かべることをいまだに避けている。びっくりするほど僅《わず》かな布きれで仕立てられた白いレオタードを着て、伸び上がったり丸まったりしている娘の姿には、それまでとは何かべつの不穏さがつきまとっている。

食べ終わったかんなが二階の自室に引き上げてしまうと、スカートをジーンズに穿き替えたいという気持ちもあっさり消えて、小夜子はそのまま夕食の支度にかかった。出汁《だし》を作っておこうと昆布を取り出すと、それが最後の一枚だった。そうだ、次に買い物へ行ったら買っておかなくちゃと、頭のどこかにあったのに——こういう乾物のことは忘れやすい。メモをするためにダイニングに戻ったとき、さっき着信した美容院からのメールのことをふと思い出した。

さっきはあまりちゃんと見なかった。光太郎が言うところの「営業メール」であることは間違いないけれど、はじめての店だし、何か知っておいたほうがいいことが書いてあったのかもしれない。

携帯電話を取り、あらためてメールを開いてみる。差出人は「山田海斗《かいと》」。今日、担当として紹介された青年だ。件名には「ヘアサロンＭＩＮＴの海斗です」とある。


親海小夜子様、こんにちは！

本日はご来店ありがとうございました。

スタイルにはご満足いただけたでしょうか？

パーマでニュアンスを出したボブヘアーなので、どんなお洋服にも素敵に似合うと思います！

乾かすときにはうつむきながら根元にドライヤーの熱をあてるとふんわりとなりますよ。

スタイリングでわからないことなどあったらいつでもご連絡ください。

またお店でお会いできるのを楽しみにしています。

ＫＡＩＴＯ

ミントのカイトか。小夜子はふっと笑う。読み返すまでもないメールだった——まあ、わかってはいたけれど。乾かしかたのコツについては店にいるときに教えてくれたのを繰り返しているだけだし、それ以外の部分は定型文でしかない。もっともこの程度のメールだって、担当した客全員にその日のうちに送信するというのは、努力と言えるのだろうけれど。

山田海斗は二十代半ばくらいの、ひょろりとした青年だった。髪をほとんど黄色に見える色に染め、いかにも美容師然とした風体だったというほかは取りたてて印象に残っていない。小夜子は今日、予約もせずふらりとMINTに立ち寄ったのだが、たまたま手が空いていたのが彼だった、ということだったのだろう。男性よりも女性の美容師のほうがよかったので、彼があらわれたときにはちょっとがっかりしたけれど、いい感じにカットしてくれたし、接客態度もさっぱりしていて悪くなかった。

ヘアサロンMINTは沿線を三つ下った駅近くに系列店があって、山田海斗はそちらからこの町の店に移ってきたばかりだそうだ。ふたつの町のイメージからすればそれは栄転のようなものなのかもしれないが、いずれにしても彼はその辺りの事情を匂わすような喋りかたはしなかった。以前の店のひとつ下りの町のアパートから、この町に引っ越しもしたそうで、「上京してきました」と笑ってはいたけれど。あれはきっとどの客にも聞かせる手持ちのジョークなのだろう。

メールアドレスを書いたのは、レジでお金を払ったあとだった。顧客名簿には鏡の前で記入していたのだが、メールアドレスの欄は空けてあった。釣り銭を渡しながら山田海斗はさりげなく顧客名簿を滑らせ「メールとかなさらないんですか？」と聞いた。パソコンって苦手なのよ。小夜子がそう答えると、じゃあ携帯は？　と山田海斗は聞いた。そう聞かれたら、バッグの中から取り出してアドレスを教えるしかない。

考えてみれば非常識な話だ。客の個人情報を無理矢理に聞き出すなんて。でも、今の若い人にとっては、携帯電話のメールアドレスなんて個人情報とも言えないのかもしれない。しかも若い娘というならともかく、自分の母親といってもあり得る年頃の女のアドレスを聞き出すことなど、書類の空欄を埋める以上の意味などないのだろう。

小夜子はずいぶん長い間ダイニングの椅子に座っていた。そうして気がつくと、さっきのかんなと同じように、テーブルに乗り出し、両手で捧げ持つようにして携帯電話を眺めていた。

山田海斗はその日、午後六時過ぎに夕食のための休憩を取った。

どうかしている、と思う。昼食を摂ったのは午後一時だ。昼も夜もまともな時間に飯が食えるなんて。

ロッカーとミーティング用のテーブルと掃除用具が一緒くたに詰まった部屋。コンビニの袋の中から温かいウーロン茶を取り出して一口飲み、次いで取りだしたおにぎりを、ぼんやり眺める。食事をする時間はあっても食欲はさっぱりだった。胃がしくしくと痛む。これまでずっと健康そのものだったのに、この店に移ってきてから日に日に調子が悪くなっている。

原因ははっきりしている。ヒマすぎるからだ。そもそもはヒマすぎるこの店に梃子《てこ》入れするために転勤させられたのだが、三ヶ月が経っても指名客が思うように増えない。前の店でついていた顧客のほとんどをこっちの店に引っぱってこれるはずだったのに、あら近いわね、じゃあ今度からそっちへ行くわ、と調子よく請け合った客たちもまだひとりも来ない。ひとりもだ。それもどうかしている。

海斗は苛立たしくおにぎりのビニールをはがした。電車で三駅の距離でも、奥様方には大旅行なんだろうね。この前、店長の伊古田にそう言われた。慰めるふうを装って、そのじつ嫌みたっぷりに。この男には最初から反感まる出しで迎えられた。俺が来たというのはつまり伊古田の不甲斐なさの証明みたいなものだから、まあ無理もないのだが。それにしても、俺が稼がなければこの店の売り上げは落ちる一方に決まっているのに、俺の指名が増えないことを嘲笑《あざわら》うようなあの態度もやっぱりどうかしている。

「いらっしゃいませお待ちしていましたぁー」

客が来たらしい。伊古田のわざとらしく張り上げた声が聞こえてくる。もっさりした四十男で、めいっぱい気張って黒シャツとブラックデニムで決め込んでいるのが痛々しい。あいつが美容師なんて何かの間違いとしか思えない。時間からして海斗の客ではないはずだが、出ていったほうがいいだろう。伊古田の声は、そうしろと言っている。信じられないことだがあいつは今のところ俺の上司なのだ。

ぱさぱさした米粒をウーロン茶で飲み下す。おにぎり一個をどうにか腹に収めて、休憩中オンにしていた携帯電話の電源を切ろうとしたとき、メールを着信した。

恋人の唯《ゆい》か男友だちの誰かだろうと思ったが、見たことのない名前だった。S・O

YOMIとある。オヨミ。つい最近、どこかで聞いた――そうだ、今日新規に担当したおばさんの名前だと、海斗は思い出した。

メールありがとう。
山田さんがカットしてくれたヘアスタイル、とても気に入っています。
主人にも好評でした。
これからどうぞよろしくお願いします。　親海小夜子

小柄な、おとなしそうなおばさんだった。身なりは中の上くらい、そう思ったことは覚えているが、具体的にどんな服だったか思い出せないのは、とくに見るべきところもない女だったということだろう。
メールアドレスをもらった客には個人的に必ず出すことにしている営業メールに、返事が来たのははじめてではないが、稀《まれ》なことではあった。中元や歳暮に洩らさず礼状をしたためることを、持って生まれた使命みたいに思っているタイプだな。うちの母親がそうだ。あるいは果てしなく暇なのか。そうだとしても母親と同じだが。

あらためて携帯をオフにしようとした手を海斗はふと止めた。それから親海小夜子のメールに短い返信を打った。なんとなく吉兆のような気がしたのだ。そういえば胃の痛みも治まってきた。

2

一階の床は無垢《むく》の桜で張ってある。

築三十年近い家を買ってリフォームしたのだが、この床はもともとのものだ。ダイニングと一続きのリビング、廊下や洗面所も同じ床材だったので、ヤスリをかけて汚れをクリーニングしただけでそのまま使っている。

取れない傷や染みもたくさん残っている。でも、古い絨毯《じゅうたん》を剝《は》がしてあらたに張ったフローリングよりも、こちらのほうがずっと風合いがいい。二階の夫婦の寝室とかんなの部屋には床暖房を入れたが、それだと無垢の木は反ったり割れたりして具合が悪いと設計士に言われて合板にした。光太郎はそれをひどく後悔している。

手にしたコーヒーカップに口をつけぬまま、今朝も彼は床を眺めている——間違いなく、そうしていることを自分で意識すらせずに。とうとうスリッパを脱ぎ、靴下をはいた足を床に滑らせはじめたので、小夜子は思わずくすりと笑ってしまった。気づいて光太郎が顔を向ける。

「やっぱりいいね、この床は」

幾分ばつが悪そうに言う。そうねえ、と小夜子は同意した。

「踏んだ感じが合板とは全然違うよな。しっとりしてるっていうかさ。艶も上品だし」

「そうねえ」

「何百万もかけてリフォームしたのに、してない部分がいちばんいいっていうのもおかしな話だな」

宿題の残りでも片付けているのか、コーンビーフのサンドイッチ片手にノートに何か書きつけていたかんな——食事中は携帯をいじらない、という約束は今のところちゃんと守っている——が、うるさそうに顔を上げて、すぐにまた戻した。

光太郎は不平を言い募っているわけではないし、もちろん小夜子を責めているわけでもない。中古物件の購入からリフォームの計画まで、家のことはいちいち小夜子に相談したとはいっても、最終的に決断したのはすべて光太郎だったのだし、たとえそうでなかったとしても、あとから妻を責めるような男ではない。たんに歌いはじめた歌を最後まで歌ってしまいたいような成り行きで言葉を連ねているのだろう。

小夜子はそんなふうに考えていたのだが、なぜか唇が勝手に動いて、

「ね、あなた方の携帯電話って、写真が撮れるものなの？」

という、まるで脈絡のない言葉が出た。

「え？」

光太郎が微かに眉をひそめて、

「撮れるけど」

とかんなが先に答えた。何か注意とか規制をされるのだろうかという警戒心に、この母親は唐突に何を言おうとしているのだろう、という好奇心を僅かに混ぜた顔で。

小夜子は困った。聞くべきことも、言うべきこともべつになかったから。仕方なく、

「私のも？」

と聞いた。

「撮れない携帯なんて今あんの？」

かんなが生意気な口調で言い、

「お母さんのは古いからな。どら、ちょっと見せてごらん」

と光太郎が言った。いいの、いいの。小夜子は慌てて言う。

「撮れるようになってたって、どうせ撮らないもの」

「なんだよ」

「お母さん、意味わかんないんだけど」

呆れたようにふたりは笑った。その笑顔に安心して、小夜子はキッチンへ立った。蛇口をひねって水を流してみたがそれこそ意味はなかった。実際のところ、逃げ込んだのかもしれなかった。キッチンに用事は何もなかったから。

小夜子が不自然に口にした話題を、光太郎は気にしていたわけではなかったし、じつのところ通勤電車に乗り込んだときには覚えてもいなかった。

ただ、携帯電話で写真を撮るということが頭の中のどこかに残っていたのだろう、四ッ谷で地下鉄に乗り換えるとき、エスカレーターの上でふと携帯の電源を入れた。数週間前、若い部下から届いたメールを探す。見たいと思ったのは本文ではなく添付されていた写真だった。光太郎自身のポートレイト。社内で自分の机に向かっているとき、親海さーんと呼ばれたので振り返ると、相手がアイフォンを構えていたので、ふざけて気取ったポーズを作ってやった。その写真が面白く撮れたといって、メールで送ってくれたのだった。

モノクロの、コントラストが強調された写真だった。アイフォンというのは自分で好きなソフトを入れて、そういう変わった写真が撮れたりするらしい。光太郎の大振りな目鼻立ちがくっきりした陰影になり、ポーズと相俟《あいま》って面映《おもは》ゆいほど洒落た雰囲気になっている。ジャズのレコードジャケットみたいですね。送ってくれた青年はそう言い、彼のアイフォンを覗き込んだ女子たちは、教科書に載ってた文豪の写真みたいですよ、と騒いでいた。

エスカレーターを降りると、光太郎は壁際に張りついて流れていく人波をよけながら立ち止まり、写真をつくづくと眺めた。ジャズミュージシャンとか文豪とか、部下たちのお追従《ついしょう》を真に受けているわけではない。その写真を自分でとくに気に入っているというわけでもない。ただ何か、どきりとする感じがあった。これは俺じゃない、という確信と、それと同じ分量の、何かを見透かされたような気分。

この前、送ってもらったときによく眺めなかったのは、そういう気分を味わうのが何となくいやだったからだった。いやなことをあとまわしにしているような感じが頭の片隅にずっと引っかかっていた。今だって、べつに気が進んだわけじゃないが……。気味の悪いものをつい注視してしまうように、光太郎は携帯電話のディスプレイの中の自分の顔に見入っていたようだった。ふっと我に返って、ここが通勤客でごった返す駅構内であることを思い出し、思わず周囲を窺うと、不審そうにこちらを見ている女と目が合った。

男物のようなオーバーサイズのシャツを、ぴったりしたタイトスカートにたくし込んだキャリアウーマン然とした女だった。若くはないがスタイルはいい。そのことを触れ歩いているような女だと光太郎は考えた。女はふんという表情で目を逸《そ》らすと気取った様子で人波の中に戻り、その尻に従うように光太郎も歩き出した。

小夜子は午前中いっぱいをかけて掃除をした。

引っ越してから、以前よりも掃除に時間をかけるようになった。新しい家は汚れが目立つ。古い家から引き継いだ床だって、そこに自分たち新しい居住者がつけた汚れは、それとわかるものだ。髪の毛一筋、はねたソースの染み、足指のかたちの皮脂。

虫を退治するような心地でそれらの汚れを消し去っていく。ここにも。ほら、ここにも。でもじきにさほど気にならなくなるのだろう。生活すれば汚れていくという事実を、目や心が再び思い出すのだろう。むきになって掃除をするのは、汚れるのがいやなのではなく、汚れが気にならなくなるときを少しでも引き延ばすためかもしれない。

クエン酸にユーカリオイルを加えたスプレーで、キッチンの蛇口を磨いて仕上げをした。エコロジカルを殊更《ことさら》心がけているわけではないけれど、こうしたほうが手が荒れないとか、家中どこにでも使えるとかいった知識はいつの間にか頭の中に忍び込んでいて、ふと思い出すと試してみないといけないような気分になる。

雑巾を洗って庭の洗濯ロープに干しているとき、宅配便のトラックが家の前に停まった。配達員の青年が荷物を持たずに近づいてきて、小夜子はあっと思い出した。光太郎がインターネットで見つけた工房に注文したベッドが届くのが、今日だったのだ。ベッドは分解された状態で届き、それを配達員が部屋に運び込み組み立ててくれることになっていた。寝室の場所を教えると、小夜子はダイニングで待った。やがて配達員が作業が終わったことを告げに来て、確認してほしいというので、寝室へ行った。はい、結構です、どうもありがとう。書類にサインし、配達員を外に送り出してから、あらためてひとりで二階へ上がった。

ベッドを置いたことで寝室の印象はすっかり変わっていた。引っ越してから今までは、前の家で使っていた折りたたみ式のマットレスを凌《しの》ぎのベッド代わりにしていたのだが、それは上に敷いた布団ごと、配達員たちの手で窓辺に寄せられていた。寝乱れたままということはなかったけれど、見られたのは恥ずかしかった——ふたつ並んだ枕も、薄いブルーのカバーをつけた羽毛布団も。それでさっきは、配達員たちを一刻も早く立ち去らせたくて、ろくろく見もしなかった。

ベッドは橡《とち》の板を使ったシンプルなものだった。これも光太郎が無垢材にこだわった。おかしなものだ——家を買う前は、家具にも家の内装にも、ほとんど無頓着だったのに。あるときついそのことを口にしたら、そりゃあそうさ、これから住む家は自分の持ちものだからね、と光太郎は言った。納得のいくものだけしか置きたくないんだ。妥協っていうのは蔓延《まんえん》するだろ？　ひとつ妥協すると、そこからどんどんどうでもよくなっていく。今度はそういう家にはしたくないんだ。

にもかかわらず、この部屋の床に早々に妥協してしまったわけだわ。小夜子はそう考えながら、入口から部屋を眺め渡した。ベッドを置いたせいで置く前よりもずっといい感じに見える。これなら光太郎も満足するかもしれない。合板といっても質の良いものを選んだから、光太郎が気にするほど安っぽい感じはしない。家の中に無垢の床があるからどうしても比べてしまうだけで、この部屋だけ見れば無垢と思うことだってできそうだ。もっとも、そういう思い込みをこそ、夫は妥協だと考えるのかもしれないけれど。

小夜子はベッドに腰を掛けた。古いマットレスを片付けてこちらのベッドメイクをしよう、と考えながら、何となく作業に取りかかれないまま、新品のマットレスの上に体を倒した。

そんなことは普段めったにしなかった。病気でもなければ昼寝などまずしないし、ソファでうたたねしたり、横になって本を読む、ということさえない。家族が在宅しているときよりも、むしろひとりきりのときにその規律は守られていた。規律というよりは性癖と言うべきものなのかもしれないけれど——どこかから誰かに見られているような気持ちになる、それがひとりのときに体を延べない最たる理由だったから。けれども今、小夜子は、誰かに見られているような気持ちにやはり見舞われながら、体を起こそうとはしなかった。あるイメージが錘《おもり》のように体をその場に引き止めていた。手のイメージ。光太郎の手。それはふわりと小夜子の中に浮かんで、と思ったらたちまち増殖し海月《くらげ》の大群のように体中を満たして、小夜子は体がほの温かく膨らむような気がした。

光太郎の手、それは小夜子が好きなもののひとつだった。大きくて浅黒くてみっちりと肉がついている、道路の傍らで雨風も日差しも頓着せずに存分に浴びている肉厚の植物を思い起こさせる手。

その手は、たとえば小夜子を愛撫しているときには、オーディオ機器の配線をしたり食器棚が地震で倒れないように金具で壁に固定したりしているときの手を思い起こさせ、逆にその種の作業をしているときに、妙に生々しい気配を感じさせたりする。

その手の動きはいつでも、その手の持ち主よりもはるかに生真面目で勤勉で、いっそ光太郎本人とは無関係な生きもののようにも思える。

そんなことを考えながら、小夜子は自分でも信じられないことをした——誰もいない家の中、レースのカーテン越しに五月の真昼の日差しに照らされた寝室の、シーツもまだ掛けていないベッドの上で、自慰をしたのだ。

そして終わると、湿った指で、携帯電話を手に取った。

山田海斗が真藤《しんどう》唯と知り合ったのは美容学校時代だが、唯は卒業後都内のヘアサロンに二年だけ勤めて、そのあとはバイトを転々とし、今は青山のセレクトショップに勤めている。
呑気《のんき》な店らしく——唯を雇うくらいなのだから、と海斗は考えているわけだが——、唯は勤務中でも始終メールを送ってくる。休憩時間に携帯電話をチェックすると、その日もすでに一通来ていた。「似合いそう」というのが件名で、編み上げブーツの写真が添付されている。ピンクに近いれんが色の、ダメージ加工をしたクールなブーツで、唯の店の商品なのだろう。本文は一行だけ、「でも19万円(;o;)」とある。

いつもの他愛のないメール。まったく呑気な女だな。海斗は小さく笑ってみたが、思ったより愉快な気分にはならなかった。十九万のブーツをぽんと買えるような身分になりたい。俺はなれるはずなんだ、と思う。この店で実績を上げられたら、たぶん次は原宿の本店に行ける。そうしたら、たぶんすべてががらりと変わるだろう。給料のことだけじゃなく、コネクションも、仕事の幅も。そういう話はいくらでも伝わってくる。スタイリストの誰々と飲んだとか、その縁でCMの仕事が来るようになったとか。カットの技術とセンスなら、俺はもうそれだけのものを持っているのに。

午後二時過ぎ、今日は比較的忙しい。午前中にはようやく前の店の顧客が来てくれた。上向いてきたのかもしれない。おかげで食欲は少し出てきて、久しぶりに買ったカップラーメンをスープまで飲んだ。だが、まだまだだ。

ゴミを捨てようとしているときに、メールの着信音が鳴った。どうせまた唯だろう。いちいち返事をしなくても気にするふうもなく、性懲りもなく次のメールを送ってくる。まあ、そこが可愛いと言えば可愛いのだが。何となく億劫《おっくう》な気分で受信ボックスを開くと、届いていたのは親海小夜子からのメールだった。

件名が「がんばってください」とある。寝室の写真が添付されていたのでどういうつもりかと思ったが、その上に「うちには今日、新しいベッドが届きました」という本文がついていた。唯が送ってくるのと似たようなメールだ。

　そういえば先週、親海小夜子に返信したとき、さして書くこともなくて、場塞《ばふさ》ぎに写真を添付したのだったと海斗は思い出した。送信ボックスを開けそのメールを出してみる。件名「お返事ありがとうございます」本文「これからはこいつにまかせてください」そして添付したのは自分の右手の写真だった。

「こいつ」というのは、薬指に嵌《は》めたドクロのリング——唯からプレゼントされたもの——のことを指したつもりだった。それにしても気障《きざ》だしちょっとあざとかったな。色白でひょろりと細長い自分の手指の写真をしばらく眺めてから、海斗はメールごとそれを削除した。

　ついでに親海小夜子から来た二通のメールも削除しようとして、ふと思いとどまった。ラッキーガールならぬラッキーおばさんの験《げん》を担ぎたい気分はまだ続いている。それに、今度唯に会ったときに話のネタにしようと思ったのだ。ほら見ろよ、俺は毎日こういうおばさんの相手をしてるんだぜ、と。

　休憩室を出ようとしたとき、ドアが向こう側から開いて、店長の伊古田がぬっと顔を出した。

「なにやってんだよ。指名の電話入ったぞ」

「すばらしいじゃないですか」

仏頂面の伊古田に、海斗はニッコリと笑ってやる。


小夜子はもう小一時間もパソコンの前にいた。

ネットショッピングや調べもの用にと光太郎が会社で不用になったのを持ち帰ってきたノートブックを開いて、クリックしたり読んだり、苛立《いらだ》たしげな溜息を吐《つ》いたりしていた。

「送ったメールを取り戻すには」

その語句で検索をかけると二十万件近くヒットしたが、どのページに飛んでみても、知りたい答えはまったく出てこなかった。不可能。無理。そんなことにならないように、メールを書いたら送信する前によく読み返しましょう。宛先は間違っていませんか？ 誤変換はありませんか？

宛先が間違っていないか——は、その一文を読んですぐ、祈るような気持ちでたしかめてみた。間違っていてくれればいいと思ったのだ。間違って、光太郎の元へでも届いていてくれれば、何とでも言い訳できるし、気持ちもずっと落ち着くだろう。でも、間違ってはいなかった。ベッドの写真を添付して送ったメールの宛先は、ちゃんと山田海斗になっていた。

山田海斗に送ったメールを取り戻したい、という気持ちは、送信ボタンを押した直後から恐ろしい勢いでぐんぐん膨らんできた。海斗がメールを読んでしまったら仕方がないが、今日も忙しく働いているのに違いないのだから、まだ見ていない可能性はじゅうぶんにある。そうだとしたら、取り戻せるのではないだろうか、と考えた。

インターネット上では、小夜子と同じ切実さで同じ質問をしている人がいた。それを読んだ不特定多数の人たちの中で答えられる人が答えるというページだったが、回答はどれも相談者を頭からばかにしているような、心ないものばかりだった。方法はありますよ、と書いてあるのを見つけて急いでスクロールしてみると、「今すぐ相手の家に行って、その人の携帯電話を奪い取り、その人があなたのメールを見る前にメールを削除してしまうことです」と続いていた。「取り戻したいというのはいったいどんなメールなのか、参考までにここで公開しろ」という書き込みもあった。

全然おかしなメールじゃないわ。それで、小夜子は彼らに向かっても自分自身に向かっても、幾度もそう考えてみた。「がんばってください」も「うちには今日、新しいベッドが届きました」も、ベッドの写真も、何てことはない、どこにもおかしいところはない。おかしいというなら、こうまで気にしていることがおかしいのだ。

送信済みのメールを幾度も読み返し、添付した写真を眺め返して、自分にそう言い聞かせても、ばかなことをしてしまったという気持ちはいっこうに収まらなかった。メールの内容ではなく（そもそも内容なんてないに等しいメールだ）、美容師の男の子なんかに二通目のメールを送ってしまったことへの後悔なのだ。自慰をしたことへのばつの悪さがおかしな具合に変形してそうさせた、などと説明できるはずもなく、あの子はきっと私からのメールを見て、暇なおばさんだ、若い男にべたべたしたがる中年女だと思うことだろう。

手の中で携帯電話がふるえ、ぎょっとして取り落としそうになった。ディスプレイにあらわれた「光太郎」の文字に、ああ山田海斗からではなかった、とほっとして電話に出る。

「ああ、ちょうどよかった。電話しようと思ってたのよ」

思わずそんな言葉が出た。すると打てば響くように、

「床のこと？」

と光太郎が言い、ふたりはしばらく沈黙した。

「床のことって？」

結局、小夜子がそう聞いた。

「寝室の床。やっぱり張り替えたらどうかなと思ってさ」

光太郎は意を決したように一気に言った。張り替える？　小夜子は驚いて少し大きな声になる。

「つまりさ……ベッド、まだ来てないだろう？」

光太郎はやや勢いを失って言った。

「ベッドは今日来たわ」

「あ……そう？　来ちゃったか。来てないなら、家具を動かす必要もないから張り替えるのも簡単だと思ったんだ。でも、横にずらしながらでも張れるからね」

「ベッドのことはともかく、お金が問題だわ」

「それも計算してみたんだよ」

光太郎は再び勢いをつけるように言ったが、それきり黙って計算の結果は言わなかった。まあ、続きは帰ってから説明するよ。疲れたような声になり、それから、とりつくろうように、

「あ、君の用件というのは何？」

と聞いた。

「ベッドが来たことを知らせようと思っただけ」

小夜子はそう答えた。本当は、送信したメールを取り戻す方法を、光太郎なら知っているのではないかと思っていたのだが、なぜかもうそれは聞けなかった。

光太郎は電話を切った。

屋上には彼のほかにふたりの男がいて、離れた場所で互いに背中を向けながら、それぞれ携帯電話をかけていた。

午後三時、初夏の空はまだよく晴れている。地上で見るよりも白っぽくもったりと見える空を背景に、スーツ姿の男たちが携帯電話で一心に喋っている景色は、奇妙なものだと光太郎は思う。屋上へ出る階段の下に喫煙所があるので、煙草を吸ったつい

でに個人的な電話もかけておこう、ということになるのだった。

　胸ポケットから煙草を取り出そうとして、屋上は禁煙であることにいつものように気づき、手持ち無沙汰で仕方なくフェンスにもたれて下界を覗いた。清潔で整備されたオフィス街は、いつ見下ろしてもどこか非現実的な感じがする。おかしな電話をしてしまったな、と考える。張り替えのことで妻の同意を求めるというより、彼女の否定的な反応をたしかめるために電話をしたようなところがあった。じつのところ無茶な考えだ。張り替える金は何とかなるにしても、張ったばかりの床を剝がして張り替えるなど、ごく普通に生きてきた人間としてやはりまともとは思えない。そんな真似を自分以外の誰かがしたと聞いたら、ばかじゃないのかと軽蔑に似た気持ちを覚えるだろう。

　結局張り替えないことになるだろう。落胆なのか安堵なのかわからない気分が、どうでもいい、というなげやりなものに変わっていきそうで、光太郎はその場を離れた。無垢だろうが合板だろうがどのみち起きてほしいことは何も起きない。耳奥にぶつぶつと聞こえる自分の声に蓋《ふた》をするように、駆け足で階段を下りる。

「あ、親海さん」

真っ直ぐにこちらに向かって突進してきた女子社員とぶつかりそうになった。互いに両手でガードし、ハイタッチでもしているような案配になって苦笑し合う。

「小柳さんが、会議の前にちょっと打ち合わせしたいって」

「ああ、サンキュ。すぐ行くよ」

女子社員と一緒に戻るのを避けて、光太郎は煙草に火をつけた。さっき吸ったばかりなのであまりうまく感じない煙を吸い込みながら、廊下を早足で戻っていく女の背中を見送る。

その女子社員と一緒にいると落ち着かないのは、この前妻とセックスしたとき、脳裏のスクリーンにずっと映し出していたのが彼女の姿態だったからだ。べつに彼女とそういうことがあったわけでも、特別な感情を持っているわけでもない。ただ少し前、彼女がなにか棚の上のものを取ろうとして伸び上がったときにカーディガンがめくれてその下のノースリーブの脇の下が見え、それがちょっと色っぽかったので、次の妻とのときに使おうと、記憶にとどめておいたのだった。

今はもう、勝手に気まずくなっていることを除けば何も感じない。次に妻と寝るときに使うのは、今朝駅構内で目が合った女にしようと決めてある。記憶が薄れないように、その女の意地悪そうな目つきとタイトスカートの尻を今一度思い浮かべてから、光太郎は煙草を消した。

3

この部屋はどうも気に入らない。

山田海斗はそう思う。

五軒見てまわった末に決めた部屋だった。いわゆるデザイナーズハウスで、べつにデザイナーズに惹かれたわけではなかったのだが、それまでに内見した何ひとつ印象に残らない四軒に比べれば家賃を払う意欲が湧きそうに思えた。メゾネット式で一部屋分が吹き抜けになっていて、開放感があるところも気に入った。だが引っ越してきて三ヶ月、ぺらりとした書き割りの中で暮らしているような気分は日に日に募っていく。

部屋が気に入らないのは町が気に入らないからだ。海斗は思う。どうもどころじゃない、まったくこの町は気に入らない。田舎にも都会にもなれない町。どっちつかずのまま、言い訳ばかりたくさん用意してあるような町。似たような東京郊外でも前いた町のほうがまだ愛着が持てた。俺は何だってこんなところにいるんだ？　海斗は思わず「だーっ」と荒々しい溜息を吐いた。

隣で唯が身じろぎした。海斗の左肩に埋めていた顔を上げ、「なに？」と呟く。あごめん、ちょっと夢見てた。海斗がそう答えると、やだ、今の寝言？　と唯は笑う。その笑顔になぜか気が咎《とが》めて、海斗は急いで唯を抱き寄せた。

「どんな夢見てたの？　イノキの夢？」

海斗の腕の中で喋る唯の声はくぐもって聞こえる。

「夢っていうか……」

海斗は本当のことを言いたくなり、だがその気分はふらりと揺れて、

「今日、客のおばさんがさ」

という言葉になった。唯は水中から浮かび上がるように海斗の腕から顔を出して続

きを待つ。

「店を覗いてたんだよ、入るのかなと思ったんだけどそうじゃなかったみたいでさ。まあ、たまたま通りかかったんだろうけど、こっち見てて、目が合ったから笑ってやったらなんか、すげー動揺されちゃって」

「あはは。動揺って？」

「真っ赤になってやんの。ガラス越しでもわかったよ。口ぱくぱくさせて、マンガとかでよくあるだろ？　ああいう反応、ほんとにするやついるんだな」

「あーあ、知らないよ」

唯は笑いながら腹這《はらば》いになった。肘に顔をのせて、目を輝かせて海斗を見る。こいつ子供の頃はぜったいいじめっ子だったよな。海斗はぼんやりそう考えた。

「おばさん、もう海斗にメロメロだよ」

「うへー」

「いいじゃん。次に来たら、おねだりとかしてみたら？　時計とか車とか」

「ホストじゃねえっつうの」

だいたい、時計とか車とか買う金はなさそうな奥様だしなあ。そう続けると、唯はまたあははと笑ってから、海斗の胸の上に半身をのせてきた。髪から汗の臭いがした。

さっき抱き合ったばかりだから、ふたりとも裸だ。明日は唯の公休日なので、海斗の部屋に泊まりに来ている。午前一時前。

「それで、だーって叫んだの？　お金持ってなさそうなおばさんだから？」

「っていうか、媚売った自分がちょっとやになって」

「媚だったの？　愛想じゃなくて？」

「いや、愛想。そうだな、愛想だ」

ふたり声を合わせて笑う。海斗にとってはどうでもいい話だった。にもかかわらず何かを打ち明けたような気分もあった。結局みんな繋《つな》がってるんだ、この部屋もこの町も伊古田も店に来るおばさんたちも、それに唯も。海斗はそう考える。

山田海斗は不思議な顔をしている。

小夜子は思う。

どんな顔だったか、思い出そうとしてもぼんやりとしか浮かばない。もちろん、その程度の、印象の薄い顔だということなのだろうし、もっと言えば印象の薄い青年であるということに違いない。

ただ思い出そうとするたびに、違う印象が浮かぶ。その顔は昔どこかで見たことがあるような、知っている誰かのような顔になったりもする。もう少しで本物の山田海斗の顔が出てきそうなのに出てこず、もどかしくて苛々する。

昨日、買い物へ行ったついでに、店の前を通ったのもそのためだった。回り道ということもなかった——駅の向こうにあるちょっと洒落《しゃれ》た感じの雑貨屋を一度覗いてみようと前々から思っていて、そこへ行くのに、MINTがあるほうの道を通っていったというだけのことだ。

山田海斗をことさらに探したというのでもなかった。ただちらっと店のほうに顔を向けたとき、山田海斗がこちらを見ていたのだった。若い娘の髪のところどころに銀紙を巻きつけている最中だったが、そんな複雑そうな作業をしながら、なぜか顔は店の外へ向けていた——まさか、私の気配を感じ取ったわけでもあるまいに。

そうして山田海斗は、ニコリと笑った。それはべつに不思議でもなんでもない——小夜子は顧客なのだから、そこにいるのがわかれば、愛想笑いのひとつもするのが当然だろう。だがその笑顔はどこか神経に障るものがあった。そんなふうに感じるなんてかしい——傲慢でも皮肉っぽくもなく、感じのいい笑顔だったのに。小夜子は幾度も考え直してみるが、何かひどく傷つけられたような気分はどんどん膨らんでくるようだった。そしてそんな思いまでしているのに、あいかわらず山田海斗の顔は曖昧なままなのだった。

「光《こう》さん」

小夜子は夫に呼びかけた。午後十一時過ぎ、ふたりは寝室にいて、小夜子はドレッサーの前に、光太郎はベッドの中で本を読んでいた。鏡の中に光太郎の姿は映っていなかったが、小夜子には、夫が微かに緊張したのがわかった。「光さん」という呼びかけは、無意識のうちに小夜子の内から出たものだったけれど、もうずいぶん長い間彼を呼ぶときは「あなた」か「お父さん」で、恋人時代からの愛称などいつ使ったのが最後かも思い出せないくらいだったから。

だが光太郎は「なんだい小夜ちゃん」などとふざけてみせたりはしなかった。「ん?」という何気なさそうな声が返ってきた。それは彼が何も気づいていないということではなく、気づかないことにしたがっている、という証拠だ。

「やっぱりへんかしら」

振り向かないまま小夜子は言う。何が。光太郎もまだ本に目を落としたままだろう。面倒な会話にならなければいいが、と警戒し、その警戒を隠そうとしている声。

「この服……」

小夜子はそこではじめて光太郎のほうへ体を向けた。光太郎はヘッドボードに縦に立てかけた枕を背もたれにして、朗読する小学生のような姿勢で顔の前に掲げた本の向こうから小夜子を見ていた。まるで本を盾にしているみたい。その本は日本の小説らしかったが、書名も作家名も小夜子が聞いたこともないものだった。

「その服が、どうかしたの」

「おかしいと思わない？」

「べつに……わかんないけど。どっか破れてるとか、そういうこと？」

「そうじゃないのよ。派手すぎないかしらっていう意味。私が着るには、ちょっと若すぎるんじゃないかって」

「ああ……」

光太郎は頷き、小夜子にじっと目を注いだ。今夜の夕食の前から小夜子が着ていたのは、昨日、雑貨屋で買ったワンピースだった。ＭＩＮＴの前を通って、ちゃんと目的の店へ行ったのだ。

寒色のペーズリー柄の薄地の木綿で、ウエストにシャーリングが施してある。手頃な値段だったし、普段着にしようと思ったから試着しなかった。シャーリングのせいで胸の膨らみが強調されることは着てみるまでわからなかった。

「いいんじゃないの」

光太郎はそう言った。

「大丈夫？　何だか下品な感じがしない？」

「この年齢だからこの服、っていうのは今はあんまりないんじゃないか」

「あなたがいいならいいんだけど」

「いいよ」

光太郎は言い、しばらくしてから「大丈夫」と付け足した。小夜子が微笑むと、光太郎も微笑み返して、本に目を戻した。

その夫の姿を、小夜子はずいぶん長い間眺めていた。夫は私の視線を感じているに違いない、と思ったけれど、感じていないふりをし続けるだろうこともわかっていた。

ペーズリー柄のワンピースを、翌日も小夜子は着た。半袖のカーディガンを羽織れば胸元は目立たない。それはいいとして、髪がもっさりしているのが気になった。

この前カットしてからまだ半月ほどだが、艶がなくなってきたし、うしろのほうが少し撥ねている。ぼさぼさというほどではないけれど、この服には何だか似合わない。こういう軽い感じの木綿の服こそ、逆に髪やメイクには神経を遣うべきなのだ、きっと。

そういうことを、小夜子は鏡の前で考えていたわけではなかった。リビングのソファに掛けて、携帯電話を眺めながら思い巡らせていた。携帯電話の鏡面のボディに、小夜子の顔は小さく映っていたけれど、実質的な意味でそれを見ていたとも言えなくて、艶のない跳びはねた髪をした女の顔は、どちらかと言えば心の内に浮かび上がっていたのだった。

午後一時過ぎ——それは驚くべきことに、小夜子が携帯電話をじっと見据えることをはじめてからほとんど二時間が過ぎた頃だったが——小夜子はとうとう携帯電話を開いた。アドレス帳を呼び出して、ヘアサロンＭＩＮＴに電話をかけた。若い女性の声が応答して、淀みなく朗らかに小夜子の予約を受け付けた。

まるでよくできたロボットみたいね。小夜子は思った。自分でははっきり意識していなかったが、その娘に腹を立てていた。なんといってもこの前カットしてもらってから二週間そこそこしか経っていないのだ。何か不都合でもありましたかとか、はっきりそう聞かないまでも、気にするふうを多少はあらわすのがふつうだろうに。あんなふうになんの屈託もなくてきぱきと応対されたら、こちらはなんの相談も、逡巡《しゅんじゅん》もできはしない。

あの娘は手元の帳面で海斗のスケジュールをたしかめただけだった。せめて電話をいったん保留にして、海斗に声をかけるくらいすればいいのに。今頃海斗は私の来店を知らされて、不審に思っていることだろう。海斗に電話を替わってくれればよかったのに。そうしたら、私は今日ＭＩＮＴに行かなければならない理由を、私の言葉で、彼にわかるように説明することができたのに。

腹を立てているうちに時間が過ぎた。気がつくと、予約した三時まであと十五分になっていて、小夜子は急いで口紅を引き直した。

鏡の中の自分を、小夜子は今度こそしっかりと眺める。髪は小ぎれいにまとまっている。艶もあるし、うしろの撥ねも自然な感じだ。美容院へ来る理由はひとつもないように見える。

化粧が少し濃い――かなり濃い。ファンデーションを塗りすぎている。目の下の隈が気になって重ね塗りしたせいだ。いかにも中年女っぽい化粧。失敗した。肌そのものはきれいなのだから――化粧品屋のカウンターでも「すごくきれいですね」とよく言われるのだから――多少隈が出ていても（それにそもそも、隈などなかったのかもしれない）、いつものように薄く粉をはたくだけのほうが若々しく見えたのに。

ワンピースには違和感はない。上に羽織った紺色のカーディガンのボタンを、きっちりと留めているから。少なくとも下品には見えない。ただ凡庸に見える。無難なものを組み合わせてきました、という感じ。ワンピースのデザインがわからないから。カーディガンのいちばん上のボタンくらいはあけておくべきだった。だが今そうしたら、山田海斗におかしく思われるだろう。

山田海斗も鏡の中に映っている。

鏡の右上の隅に。それは小夜子の視界の右上の隅に、ということでもある。ちらちらと動く山田海斗のかたちの影。あいかわらず小夜子は——山田海斗と十センチと離れていないにもかかわらず——彼の顔かたちをはっきりと認識することができずにいる。

「明日、ちょっとした会があるの」

そして考えてもいなかった嘘を口にしている。木曜日、午後三時のＭＩＮＴには、客は小夜子だけしかいない。海斗以外の、接客していない美容師たちも、雑誌類を整理したりレジカウンターで帳簿か何かをめくっていたりと用ありげにふるまっているが、この場の全員が自分の言葉に耳を澄ませているような気持ちに小夜子はなる。

「短大のときのお友だちと食事会があるの。だからちょっときれいにして行きたくって」

「ああ、その気持ちわかります」

山田海斗は笑顔で頷く。

「昔の知り合いに会うときって、気合い入りますよね」

「あなたの昔と私の昔じゃずいぶん違うけど……」

小夜子は顔を伏せる。嘘の話を続けているが、山田海斗と自分ではずいぶん違う、というのは本当のことだから。海斗にとって学生時代など、ついこの前のことだろう。

「昔は何年前だって昔ですよ。今じゃないっていう意味で。俺は変わったんだぜって
ところを、見せたいじゃないですか」

「私たちの年だと、変わってないふうに見せたくなるのよ」

「なるほど」

海斗はあっさり頷く。そしてその反応の無雑作さを取り繕うように、小夜子の髪をうしろから両手で掬《すく》った。首筋に触れた海斗の指をひどく熱く感じて、小夜子は思わず唾を飲んだ。

「どうします？　セットだけでもいいと思うけど、せっかくいらしてくださったから、少しカットもしますか」

「ええ、そうね、お願いします」

「お友だちが羨《うらや》ましがるようなヘアにしましょうね」

小夜子は鏡の前に数冊積み上げられた雑誌のいちばん上の一冊――美容院というところはたいがい客の実年齢よりも若め﹅の雑誌を選んで持ってくるもので、その雑誌も例に違《たが》わず、海斗くらいの年頃の娘たち向けのファッション誌だった――を手に取っ

た。指先が微かに震え、それを海斗に気づかれはしないかとどきどきする。

何を震えることがあるの。心の中で、荒々しい口調で自分に言う。ここに座っていればいるほどわかるでしょう、山田海斗なんて、実のない聞いたふうなことしか言わない、そこらへんにいくらでもいるようなただの若い男じゃないの。震えるなんてどうかしている。

鋏《はさみ》が耳元でジョキリと音をたて、その冷たさにぎょっとする間もなく、海斗の熱い指が顎に触れて、小夜子は幾度も唾を飲んだ。開いたページの上にはらはらと落ちる自分の髪の毛を、呆然と見下ろす。海斗の両手がさっきよりも強い力で小夜子の首を支えて、真っ直ぐ正面を向かせた。小夜子は狼狽して、ページを――「彼を呼べるインテリア」という特集ページだったが――閉じてしまった。鏡の中の海斗がちらりとその動作を見た。

「もう、慣れた?」

と小夜子は咄嗟《とっさ》に言った。え? と海斗が身を屈《かが》める。

「この辺り。お引っ越し、されたんでしょう。食べ物屋さんとか、スーパーとか、いいところが見つかった?」

「あ、それはもうバッチリっす。っていっても、俺、自炊とか全然しないから、スーパーは行きませんけど。コンビニと、飯屋だけあればいいんで」

「おいしいお店、ある？　私もたまに外で食べようと思うんだけど、なかなか良さそうなところがなくて」

「あー、俺が行くのは飲み屋だからなあ。飲み屋で、遅くまでやってて、飯も食えるっていう店。そういうとこなら一軒ありますよ」

線路の横をずーっと歩いていって……と、山田海斗は店の場所を説明しはじめた。大きなお米屋さんがあるほう？　ああ、あの角を曲がるのね。そういえば小さな店が並んでいるわね。小夜子はいちいち道順を確認したけれど、じつのところどうでもよかった。

「カウンターだけの、落語家みたいな面白いオヤジさんが店主の、めずらしい焼酎が揃っていて、いっぷう変わっているがなかなか旨い料理を出す」店になど、ひとりでも家族ででも、行くことはないだろうし、行きたいとも思わない。どうせ若い人ばかりだろうし、料理にしてもコンビニやファミリーレストランの味に馴染んだ人たち向けのものなのだろうし。ただ、黙っているとどんどん落ち着かなくなっていくから、喋り続けていただけだった。

　小夜子の相槌が上の空であることは、幾らか伝わったのかもしれない、海斗はちょっとトーンを落として、

「ま、家に近いから便利っていうだけかもしれないんだけど」

　そんなふうに言った。

「おうち、あの辺なの?」

「そう、徒歩一分、這ってでも帰れる距離」

　海斗は笑い、小夜子の前髪に櫛《くし》を入れた。目の前をぱらぱらと毛束が落ちてきて、小夜子は目を閉じる。

「アパート?」

「んー、いちおうメゾネットで、デザイナーズっすよ、美容師ですから」

「住むところにも気を遣わなきゃならないのね」

「ま、冗談ですけどね」

　小夜子が目を開けると、いかにも倦《う》んだような顔の海斗がいた。その表情は一瞬で消えたけれど、小夜子はちゃんと捉えてしまった。客と会話するのも美容師の仕事だ。

だから彼もやさしく私に話しかける。でも本当のところは、客が来るたびに同じ話を繰り返すことにうんざりしているし、彼と同年代の娘たちとのように気安くて気の利いたやりとりもできない私のような客にはとりわけ退屈しているのだろう。

そう考えたら小夜子はそれまでの相槌すら返せなくなって、ほとんど凍りついたようになった。不審げな海斗の顔が、

「親海さま、シャンプー台のほうへどうぞ」

と促した。


かつては白壁だったはずの錆《さび》色の洋館の前で、光太郎は鞄を開け、中に入っている本の書名を今一度さっとたしかめた。

この数日、暇をみては少しずつ読んでいて、ここへ移動する電車の中でようやく読み終えたばかりだった。家の古びかたからするとそれだけが奇妙なほど真新しい、最新式のインターフォンを押すと、「どうぞ、開いてます」と小説家の声が応えた。錆だらけの鉄の門扉を、前回の訪問のときのようにズボンの裾を擦って汚さないように気をつけながら開け、車が停まっていない駐車場を通って玄関のドアに辿りつきそれ

も開ける。小説家ではなく車椅子に乗った彼女の母親が待っていた。

「雨にならなくてようございました」

ほとんどその家の化身のような——白髪を髷《まげ》に結い、きちんと身繕いしているにもかかわらず、蔦《つた》と錆に覆われているような印象がある——老女は、嗄《か》れた声でおそろしくゆっくりと言った。

「それとももう降り出しましたか」

「いや。降りそこねたみたいです。蒸し暑いですね。梅雨入りはまだらしいけど」

この老女と相対するといつもそうなるように、発語のリズムをくるわされたまま光太郎は答えた。老女は、たぶん渾身の力が必要なせいで思い詰めた顔で車椅子を動かし、彼を部屋の中に導いた。

光太郎は革張りの湿っぽいソファに、老女と向き合うかたちで体を沈める。部屋は六角形で、二十畳近い広さはあるのだろうと思われたが、濃い色の大きな家具ばかり置かれているのと、壁という壁が絵と本で埋まっているせいで、狭苦しい感じがする。今どきめずらしい木製の窓枠の上で、先日光太郎自らが指揮して取りつけた警報装置だけが、つやつやと光っている。小説家が紅茶を載せた盆を持ってあらわれた。

「こちらの窓なんですけど」

小説家はおもむろに北側の窓を示し、やはりこちら側にも警報装置をつけてほしい、と言った。北側は隣家の庭に面している上、すべての窓に鉄格子が嵌《は》めてあるので警報装置はつけていなかったのだった。

「鉄格子なんてドライバー一本で外せるんでしょう？」

小説家は五十代半ばの、マルチーズ犬に似た顔立ちの大柄な女性だった。家具やカーテンのトーンと同じ暗い花柄のワンピースを着ている。

「そうですね」

と光太郎は頷いたが、小説家の言いかたが彼の認識不足を難じているようにも聞こえたので、

「しかしそれなりの時間はかかるので、そこまでして入るだろうか、とも考えられますが……」

と続けた。

「百人の強盗があきらめるとしたって、百一人目があきらめなかったら、それで私たちはお仕舞いでしょう？」

小説家の口調は不機嫌なものではなかったが、ユーモアを含んでもいなかった。この部屋に掛かっている額の中の一枚に、自分が取り込まれてしまったような感じを光太郎は覚えはじめたが、それはこの顧客の場合にかぎったことではなかった。どんな客の相手をしていても、客とかかわっていないときでも、ときどきそういう感覚に見舞われる。意識がふたつに分かれていき、片方の——絵の中の自分を眺めている——光太郎は、妻のことを考えはじめた。

小夜子が今朝着ていた服。それを思い出すのはたぶんこの部屋の厚ぼったいカーテンと似たような柄だったからだろう。おかしくないかとしつこく聞いていた。若すぎやしないかとか下品じゃないかとか。おかしいと思ったのは服ではなく妻のしつこさのほうだった。

「実際のところ、私たちが恐れているのは、ただひとりの強盗なんですよ。強盗というか変質者ね。私のようにさして売れない小説家にも、ストーカーはいるんです」

「それは、特定の人物という意味ですか？　警察には相談されましたか？」

「警察には言っていません。特定もできません。この数年、ひとりの人間にずっと見張られていたのかもしれないし、複数の熱心すぎる読者がいたのかもしれない。でも、それは私たちにとっては、ただひとりの人間というのとかわりないんです。言っている意味がおわかりになりますか」

「お気持ちはよくわかりました。それでは北側の窓すべてに取りつけることにいたしますか。お二階はどうなさいますか」

「お願いします、もちろん」

ああそうか。光太郎は突然理解した。小夜子はセックスしたがっていたんだ。新しいベッドを寝室に入れてから一度も妻を抱いていない。そのことを言いたかったんだ。あれはそういう意味だったんだ。

光太郎は鞄を開け、その家の図面を取り出した。一階と二階の北側の窓にチェックを入れる。それで家中の開口部がチェックで埋め尽くされることになった。その図面を、光太郎はある感慨を持ってしばし眺めた。眺めているうちに、分離していた意識がひとつに戻ってきた。

「ではあらためてお二階を拝見させていただけますか」

「どうぞ」

「今日は蒸し暑いそうよ」

老女が発した声をリビングに置き捨てたまま、小説家に続き光太郎は階段を上がっていった。彼女が書いた本についての感想をどのタイミングで言うべきかと考え、それから、小夜子を抱くのは今晩か明日か、と考えた。

どちらも考えるとひどく億劫な気分になった。宇宙から不思議な電波が飛んできてふたつの問題を一気に解決してくれればいいのに。子供のように光太郎はそう願った。

4

梅雨になった。

まだ三時前なのに夕方みたいに暗い。雨音が隣の部屋のラジオのように聞こえる。

遠い記憶がよみがえる——かつて隣の部屋から聞こえるラジオを、雨音のように聞いていたことがあったのだった。二十年前。そうだもう二十年も前のことになるのだ、と小夜子は思う。

　場所は光太郎の部屋だった。あの頃、ふたりが勤めていた職場から、地下鉄でローカル線に乗り入れて小一時間かかる町にあったアパート。逆方向にある小夜子の実家までは二時間近くかかった。それでも毎日のように通った。会社のあと、同僚たちの目にとまらないように光太郎とはべつの車両に乗って。乗換駅のホーム先端で落ち合うことにしていた。帰宅ラッシュの人波の向こうに、足早にこちらに近づいてくる彼の顔を見つけたときの嬉しさ。

　ふたりとも独身だったのだから、今から思えば、あんなスパイみたいな真似をする必要もなかった。ふたりの関係を誰かに知られることを、けれどもあの頃はひどく恐れていた。知られれば壊れてしまう気がしたのだ。ごくあやうくてごく大切なもの。あの頃、恋は、神社の境内でそっと餌をやっている仔猫みたいなものだった。

　アパートの最寄り駅で降りると、まずは洋食屋に寄った。テーブル席が四つと、あとはカウンターがあるだけの小さな店だったが、おいしい料理を出した。もともと光太郎がひとりで利用していた店で、その頃は店の人との会話もなかったと言っていたけれど、ふたりで通い続けるうちに、混んでいるときでもカウンターの端の席を用意してくれたりするようにもなった。ふたりが恋仲であることは店の人にはお見通しであったに違いないのに、ふたりはかしこまって他人行儀に食事をした。

光太郎の住まいは、まだ田畑が多く残る辺りにぽつぽつと建っている、同じような外観のアパートのうちの一棟だった。雑に使う独り身の男たちを多く住まわせてきたせいで実際の築年数よりも古びて見える、そんなアパート。二階建てで各階に四世帯ずつ、たしかそのくらいの造りで、光太郎の部屋は一階の左端だった。大きなほうの窓は地続きになっている大家の家に面していて、自家用の畑に植わった小松菜や大根の葉が見えた。

部屋に入るとすぐに抱き合った。光太郎がドアを閉め、ちゃちな鍵をカチリと回すのと同時に。冬はコートを着たまま、夏なら汗にまみれて。そうしたのがつい前日のことであっても、その日社内で何度も顔を合わせていても、まるで何ヶ月も何年も会えなかったかのように感じた。

セックスは熱心で、でもひそやかだった。ひそやかであることにさえ情熱を注いでいた、と言ってもいい。安普請の薄い壁をどんな気配も通り抜けてしまいそうだったから。でもあるとき、その間じゅう隣の部屋の住人がラジオをかけていることに気がついた。偶然だと思おうとしてみたけれど、そういうことが続くにつれ、こちらの行為に合わせているのだということは疑えなくなった。そうなるともう、自発的に自分たちのほうで何か音楽をかける、ということは恥ずかしくてできなくなって、ふたりはいっそうひっそりと抱き合い、ラジオの音の中に潜り込もうとした。

恥ずかしくてたまらなくても、抱き合うのをやめることはできなかったから、そんな状況にもやがて慣れた。慣れると、ラジオの音は雨音のように聞こえてきたのだった。水中から浮かび上がってようやく息を吐くように、光太郎の愛撫から逃れてふと我に返ると、ああ、あれはラジオなのだ、雨など降っていなかったのだ、といっそ不思議な気持ちで思ったものだった。光太郎は小夜子のはじめての男だった。

昨日も雨が降っていた。

昨日、学校でかんなに会った。かんなが通う私立校でふた月に一度、親睦と情報交換を兼ねて開かれる保護者会に出席した帰りのことだ。

会が二時半から四時までとなっているのは、その時間帯だと終わったあと子供と一緒に帰ることもできるからだ。四月の最初の会のときはそうした。だから昨日の朝も、かんなに聞いてみたのだが、返ってきたのは「無理に決まってんじゃん、部活だもん」という答えだった。

でも、かんなは部活には出ていなかったのだ。いや、そうだとはかぎらない——そのあと出ることになっていたのかもしれないし、何か部活にかかわる用事の途中だったのかもしれないが、とにかくかんなは校門のそばにいた。もちろんレオタード姿ではなくスポーツウェアでもなく、制服——白いブラウスに赤いリボン、ブラックウォッチのプリーツスカートという、娘のお気に入りの制服で、これを着るために中学受験をがんばったと言ってもいい——を着ていた。雨なのに傘は差していなかった。さほどひどい降りではない、霧雨に近い雨だったが、それでもかんなの髪はしっとりと濡れそぼり、ふたつに分けて耳の脇で結んだ房が紐みたいになっていた。朝、ブローにたっぷり時間をかけて、思ったようにまとまらないと機嫌が悪くなるほどなのに。かんなのそばにはスポーツタイプの洒落た自転車があり、自転車には少年が跨《また》がっていた。

正確に言うなら「会った」ではなく「見た」ということなのかもしれない。娘の目はたしかに母親を認めたが、言葉は一言も交わさなかったから。かんなはあっという間に小夜子から目を逸らすと、少年とお喋りすることに戻った。こちらも正確を期すなら、少年と見つめ合うことに、と言うべきかもしれないけれど。ふたりはほとんど言葉を交わしていなかった。ただ見つめ合い、時折意味ありげに微笑を交わしたり、頷き合ったりしていた。そんな様子はまるである種の動物同士のコミュニケーションみたいで、人間である小夜子にはわかりようがない、と思わされた。小夜子が近くにいることにかんなが気づく前からふたりはそうしていたが、驚いたことには、かんなが気づいたあとでもふたりの様子は変わらなかった。結局かんなは私に気づかないことに決めたのだろう、と小夜子は思う。

それは小夜子にとってじゅうぶんに衝撃的な出来事だったけれど、本当に動揺したのはそのあとのことだった。その日、小夜子の帰宅から一時間ほど遅れてかんなは帰ってきたのだが、ついさっきの学校でのことなどまるでなかったような態度だったのだ。

もちろん、小夜子と目が合ったのに無視したのだから、今更何か釈明したりはしないだろう。小夜子が驚いたのは、かんなが本当に何もなかったかのように、平然としていたことだった。母親の顔を窺ったり、ばつが悪そうにしていたりもせず、開き直って不機嫌になったりも、むっつりもせず、顔を合わせるのを避けて部屋に直行することもなく、いつものように朝食の残りのサンドイッチをぱくつきながら携帯電話を操作していた。さっき学校で少年といるところを小夜子に見られたことは娘に何の影響も及ぼしていないようだった。

そのことに小夜子はひどく動揺した――今日になっても落ち着かなくて、そのあまり、山田海斗にメールを送信してしまった。

件名「この前はありがとう」
この前セットしていただいたヘアスタイル、クラス会で好評でした。青山とか原宿とかじゃなくて、地元の美容院でカットしてもらっているのだと言ったら、みんな驚いていました。自分も海斗さんにお願いしたい、という人がいたので、今度連れていくかもしれません。美容院に行きすぎかしらとちょっとうしろめたくなっていたのですが（ふつうの主婦なので）、やっぱりお願いしてよかったです。これからもどうぞよろしく。親海小夜子メールを送ったのは午前中だった。送信時間は十時二十三分となっている。この前のように延々後悔したくなかったから、今度は慎重に幾度も文面を読み返してから送信ボタンを押した。おかしなところはどこにもない。そのあともさらに何度となく読み返して、そのことは確信している。もちろんクラス会に行ったことも海斗を紹介してほしいと頼まれたことも嘘だが、それが海斗にわかるはずもない。

それなのにいまだに返事が来ない。

小夜子はそのことが納得できない。この前ベッドの写真と一緒に送ったメールは、短いものだったしさして意味もない内容だったし、返事の必要もないと海斗は判断したのだろう。それに、もしかしたらほかのメールに紛れて削除してしまったのかもしれない――この前ＭＩＮＴへ行ったときに何も言っていなかったから。だが今度のメールになぜ返事が来ないのか。客として、先日のカットの礼を述べ、新しい客を紹介するとまで書いているのに、無反応だというのは接客業としておかしいのではないのか。

山田海斗はごく常識的な青年のはずだと小夜子は考える。美容師としても、個人としても、退屈なくらい常識的だろう。それなら今朝のようなメールには必ず返事を書くはずだ。まだ返信がないのは、文面に私が気づかない瑕疵《かし》があったのか。返事を書く気にもなれないような気分に海斗をさせてしまったのか。

また堂々巡り。小夜子は送信メールを読み返す。もちろん、彼がまだメールを見ていないという可能性はある。接客中は携帯電話は切っているだろうから。だが午前十時から午後三時まで、一度も休憩しないということがあるだろうか。食事する時間はなくても水くらい飲むだろうし、洗面所にだって行くだろう。携帯電話を一度もチェックしないということがあるだろうか。そしてまた堂々巡り。

小夜子は出かける支度をした。


小夜子が小学校六年のとき、父親が家を建て、それまで住んでいた団地から郊外へ引っ越した。卒業まであと半年足らずという時期だったので、転校はせずに電車で三十分かけて通学することになった。

小夜子にとっては大きな出来事だった。ごく臆病な子供だったから。母親が買ってくれた赤い革の定期入れをリリアンの紐で通学鞄にしっかりと結びつけ、毎日しゃっちょこばって電車に乗った。行きは通勤ラッシュに揉まれて大変だったが、帰りはたいてい座ることができた。そういう電車通学に少しずつ慣れてきた頃、車窓に見えるある景色に心をとらわれた。

　まず線路沿いにこんもりとした森が見えてきて、その向こうに白亜の建造物がのぞく。全体像は見えないが、木々の上に顔を出している尖塔や、木立の中に見え隠れするアーチ型の造作などが、外国のお城を思わせた。秋が深まると小夜子が帰る頃には森は薄闇の中に沈み、建物にオレンジ色の灯りが点《とも》っているのがわかった。学校がある駅と自宅の最寄り駅とのちょうど中間辺りの場所だったが、級友に聞いても家族に聞いても、そのような建物がそういえば見えるということは知っていても、その正体は——誰かの屋敷なのか、何かの施設なのか——誰も知らなかったし関心もないようだった。それなら自分で行って、たしかめてみよう、と小夜子は決心したのだった。

　重要だったのは、それが何かを知ることよりも、そこへ行く、ということだったのだろう。ひとりで、誰にも言わずに。学校からの帰り道、電車を途中下車するのもはじめてだったし、知らない町を歩くのもはじめてだった。十一月の土曜日。学校は半ドンだったから時間はたっぷりあった。駅を出ると、おっかなびっくり、森へ向かって歩いていった。

森の入口は開かれていた。誰かに咎められるのはいやだったから、外側からたしかめよう、と思っていたのだが、気がついたら森の中に入り込んでいた。外から見るよりもよく整えられていて、砂利を敷いた道が建物に向かって続いていた。建物と同じ趣味の白い街灯が等間隔で並んでいて、その間にはベンチなどもあった。個人の家ではない、きっと美術館とか、博物館とか、そんなものなのだろう、と思った。建物の中へ入れるとは考えていなかったが、この冒険談をあとで家族や友だちに詳しく話して聞かせたい気持ちが、足を前へ進ませた。

黒い服の男は不意に行く手にあらわれたのだった。喪服のような黒い上下、背が高く痩せていて枯れた肌、ドラキュラそのものだった。お嬢ちゃん。どうしてここへ来たのかな？　と男は聞いた。

男の風貌以上に恐ろしかったのはその物腰だった。男ははじめから微笑んでいた。いかにも抜け目ない、悪巧みをしていそうな笑顔だった。お嬢ちゃん、ひとりで来たの？　ここのことを誰から聞いたの？　と男は次々に聞いた。答えを期待しているのではなく、小夜子を帰らせないためにそうしているのがわかる猫撫で声だった。いいんだよ、お嬢ちゃん。おじさんは怒ってるわけじゃないんだ。ここへはいつ来てもいいんだよ。お嬢ちゃんは、あの白い家に行ってみたいと思ったんだろう？　もしかしたら声が聞こえたんじゃない？「おいで、おいで」とあなたを呼ぶ声が聞こえたような気がしたんじゃない？

小夜子は一言も口を利かぬまま、踵《きびす》を返して駆けだした。ああーん、お嬢ちゃーん、逃げないでえ。女のような男の声が背中に張りついた。追いかけてくる足音もずっと聞こえる気がして、駅前の、人気《ひとけ》があるところまで一気に駆けた。電車に乗り込んでも震えがとまらなかった。背中に紐のようなものがくっつけられている気がして仕方がなくて、幾度も手で払い、うしろを振り返って周囲の乗客に訝《いぶか》しがられながら、泣くのをこらえていた。恐怖とともになぜかひどい疚《やま》しさがあって、家に帰っても誰にも打ち明けられなかった。白い建物はある新興宗教の集会場だったという事実を知ったのは、それから何年も経ってからだ。

あのときと同じだ、と小夜子は思う。

山田海斗との雑談から得た情報を頼りに、彼の住まいを探し歩いているこの気持ちは、あのときと同じだ。

ほとんど夜のように暗い雨雲の下を、小夜子はぐるぐると歩いていた。海斗がよく行くという居酒屋「ふくろう」は、さっきもう見つけていた。そこから「徒歩一分」「這ってでも帰れる距離」だと海斗は言っていた。いちおうメゾネットでデザイナーズ。「いちおう」というのはどういう意味だったのだろう。それらしい建物はまだ見えない。

雨脚はさほど強くないが道が悪いので、靴の中がじゅくじゅくする。見つかりっこない、見つからないほうがいいのだと思う一方で、雨の日用の野暮ったいビニールの靴を履いてこなかったのは、海斗にばったり会う可能性もゼロではないという気持ちが心のどこかにあるせいだと気がついた。

今日、彼は店に出ているはずだが、もしかしたら何かの都合で休みを取って自分の家の近所を歩いていることだってあり得る、なぜなら私がこれから彼の家を探しに行くんだから、と。かつてあの白い館の前でドラキュラのような男に言われたように、今日、私は自分の意思だけではなく何かに導かれてここへ来たような気さえする、だとしたら海斗がここにいたっておかしくないのではないか、と。

「いやな雨だなあ」

伊古田が嘆く。聞こえよがしの、芝居がかった声だ。店内には有線の洋楽が流れていて雨の音は聞こえないし、伊古田がいる店の奥からは、おもての降りは見えないのに。

「降るなら降るでもっとこうドバーッと降りゃあいいのになあ。じとじとじとじとしやがって、腹下しみたいな雨だ」

伊古田がうるさいのは、店内にいるのが従業員だけだからだ。天候の影響はあるにしても、金曜の午後五時にひとりの客もいないというのはまずいだろう。見場を気にしなければ、表に出て呼び込みでもやりたいんだろうな、と海斗は思う。それを言うなら俺だってそうだが。

海斗はそれまでいたカウンターをあとにして、クローゼットのほうへ行った。カラーリング剤の在庫をおざなりにチェックし、伊古田の視線が届かないことをたしかめてから、携帯電話を開く。今日は唯からのメールもなかった。あの店のことだから、こんな天気の日にはさっさと閉めてトランプでもやってるんじゃないか。メールは、朝着信した親海小夜子からの一通だけだ。

海斗はそれに素早くもう一度目を通してから、携帯を閉じ、棚の整理に戻った。トリートメントのボトルを意味もなく並べ替えながら、返信の文面を考える。クラス会で会った友だちを連れてくるかもしれないと言っているのだから、ぜひどうぞと返信するべきなのだ。だが、しそびれている。親海小夜子が何かとメールを送りつけてくることとその文面に、薄気味悪さを感じはじめているせいだ。

レジカウンターに置いてある電話が鳴り、アシスタントの女の子が小走りで取りに行った。ありがとうございます、ヘアサロンＭＩＮＴでございます。決められた応答をし、そのあとしばらく経ってから「もしもし？」と言う。

「あの、こちらＭＩＮＴでございますが？」

妙な気配にその場の全員が彼女を注視した。女の子は憤然と受話器を置き、「悪戯《いたずら》電話ですよ」と報告した。何にも言わないんです。息だけ聞こえるの。気持ち悪い。

無言電話はそのあと十五分おきくらいに三度かかってきた。アシスタントが二度取って、三度目は伊古田が取った。

「いい加減にしてくださいよ。営業妨害だって訴えるよ」

凄んでみせてから叩きつけるように切った。訴えるって言ったって相手がわからないんじゃねえ。スタイリストのひとりである律子が海斗に近づいてきて囁《ささや》く。

「うっとうしいったらありゃしねえな。なまはげみたいな女が殴り込んできたりしねえだろうな。心当たりある人、今のうちに正直に打ち明けてよ」

自分で自分を取りなすように肩を揺すりながら伊古田は笑う。冗談めかしているが、視線は海斗に向けられている。そもそも、アシスタントをのぞけば今日店にいる男性スタイリストは伊古田と海斗だけなのだ。

「なまはげみたいな男かもしれませんよ」

律子が言った。

「ターゲットは私かも。なまはげみたいな男でも、IT長者とかだったらOKなんだけど」

「IT長者はこの近所にはいないと思うな」

海斗は調子を合わせて笑ってみせた。そのときまた電話が鳴り出した。

全員で顔を見合わせる。伊古田がちらりと海斗を見た。おまえが取ってみろ、とその顔が言っている。海斗は動きかけたアシスタントを手で制して、レジカウンターへ向かった。

「ありがとうございます、ヘアサロンMINTでございます」

応答はない。ただ、誰かがたしかにそこにいるという気配が伝わってくる。濃厚な気配。アシスタントの子が言った通り呼吸の音――いや、息を詰めている気配か。

「もしもし？」

微かな音が聞こえた。爪が受話器に当たる音。あるいは上下の歯が合わさる音か、と思えるほどの。それから息を吸い込む音がして、

「もしもし？」

と相手が言った。囁くような女の声だった。

「あの、そちらでお願いしている親海と申しますが」

親海小夜子。なぜか瞬時にフルネームが頭に浮かぶ。そしてさっき見たばかりのメールの文面も。

「ああ、親海様。こんにちは」

無言電話じゃなかった。聞き耳を立てている伊古田たちに知らせるように、そして自分自身の疑念を払うように、海斗は快活に応えた。

サロンで使っているコンディショナーのメーカーを教えてほしいというのが、親海

小夜子が電話してきた用件だった。

仕上がりが全然違うのよ。もちろんプロの人の技術っていうのもあるんでしょうけど、少しでも近づきたいの。恥ずかしいんだけど、この前、お友だちにほめられたから、もっときれいにしたいっていう欲が出てきて。

か細い声で切々と喋った。早口だったが滑らかではなかった。不器用な感じ。若い男と喋ることに慣れていないのだろう。あるいは、夫以外の男、なのかもしれないが。うぶな女だという印象は最初からあって、親海小夜子の場合それはマイナスに作用している。それにしても海斗の応対はサービス業として満点とは言えなかった。友だちを連れてくるという話じゃないのかという思いと、それにやっぱり、薄気味悪さが消えなかったのだ。

違うよな。海斗は今一度自分に言う。親海小夜子は、その前の無言電話から五分足らずで電話してきたのだから。やっぱ海斗くんのお客さんかあ、と伊古田はへらへら笑ったが、ほかのスタッフ同様、無言電話の主が親海小夜子だと思っているわけではないようだった。

「これ、旨かった。サンキュ」

海斗は飲み干したスープのカップをカウンターの上に置いた。日付が変わる少し前。「ふくろう」にいる。休日やその前日には唯と一緒に来ることもあるが、今日はひとりだ。

「マッシュルームが入ってるんだよ」

マスターの大森がにっこり笑う。

「じゃあ、ビール飲もうかな」

「大丈夫？　無理すんなよ」

大森は料理人というよりプロレスラーと言ったほうがぴったりする髭面《ひげづら》の大男だが、ごく繊細な男でもある。

「もう大丈夫。スープ飲んでたら落ち着いたから。腹も頭の中も」

胃痛のことは大森には言ってあった。就業中の不調が店を出たあとにも軽減しないようなときは、ここで胃にやさしいものを作ってもらうことにしている。

「頭の中も弱ってたの？」

豆腐サラダを出しながら大森が聞く。いやいや。海斗は笑って否定してから「て言うか」と続けた。

「なんかさ、生きていくってたいへんだよね」

「なんだよ急に。どうしたの」

「いや、どうってことないんだけど、今日店で無言電話が続いてさ」

「ああ、そういうのは仕方がないよな、サービス業は。俺んとこもあったよ」

店に来る子だったんだけど、勘違いされちゃって。どうやって調べたのかわかんないけど、俺の自宅にまでかかってきてさ。まいったよ。かみさんがノイローゼみたいになっちゃって。なんでその子だってわかったかっていうと、彼女が店に来てるときにはかかってこないんだよ。そんな調子でばれないと思ってるんだから、おかしいよな。まあ、おかしくなってるから、無言電話とかかけるんだろうけど。

「勘違いされるようなこと、したんじゃないの、大森さん」

「みんなそう言うのな。どうせ言われるのなら何かしておけばよかったよ。全然タイプじゃなかったけど」

まあタイプの子だったらそれはそれでべつの問題が発生したけどな。大森は笑った。

店を出たのは午前一時過ぎだった。傘を差すほどではないが雨はまだ降っていた。傘を差したところで、皮膚にじっとりまとわりついてくるような雨。「腹下しみたいな雨だ」という伊古田の言葉を思い出した。あのときは気づかなかったが、あれは俺への当てこすりだったのかもしれない。

生ビールの大ジョッキ一杯に焼酎のロックを二杯。飲んだ酒の量からすると妙に酔いがまわっているようで、酔いがまわったときはたいていそうなるように、唯を抱きたい、と思った。恥ずかしい格好をさせてめちゃくちゃにしてやりたい。これから呼んだら来るだろうか。

部屋のドアの取っ手に白いレジ袋のようなものが掛かっているのを見たとき、海斗は思わず舌打ちした。一瞬、飲んでいる間に唯が訪ねてきたのだと思ったのだ。だが唯なら居酒屋へ来るだろうし、そもそも携帯電話を鳴らすだろう。

袋の中にはサクランボが二パック入っていた。そして手紙も。手紙は水色のレポート用紙に黒いボールペンで書かれていた。揃って右側に傾《かし》いでいるせいで英語の筆記体みたいに見える字。

山田海斗さま
知人からたくさん送られてきて食べきれないのでお裾分けします。よかったらお友だ

ちゃお店の人と一緒にどうぞ。ではまた、お店で。親海小夜子

「あーあ」

と海斗は声に出して言ってみた。それから袋に手を突っ込んでサクランボをひとつ取り出し、匂いを嗅ぎ、口に入れたが、すぐに地面に吐き出した。たったそれだけのことをする間に唯への欲望はすっかり消え失《う》せていた。

5

光太郎は顔を上げた。

電話はまだ鳴っている。

日曜日の午後四時過ぎ。光太郎はダイニングでノートパソコンを開いていた。徒然《つれづれ》

にネットをさまよっている時間のほうが長かったが、少なくとも妻には仕事の下調べをしているように見えているはずだ。

それに、妻のほうが電話に近い。ソファの上で洗濯物を畳んでいるのだから。サイドボードの上の子機に、立ち上がらずとも手をのばせば届くはずだ。だが小夜子は、シーツか何かを熱心にいじくっていて、顔を上げようともしない。

今日の小夜子は襟ぐりが大きめに開いたサマーセーターを着ているので、俯《うつむ》いた首筋が植物の茎のように見えた。妙に色っぽいな、という思いが一瞬過《よ》ぎり、それから光太郎は立ち上がって、電話を取りにいった。

「はい。親海ですが」

一瞬の間があってから、

「お世話になっております、MINTの山田と申しますが」

と男の声が言った。

「親海小夜子さまはいらっしゃいますか」

「小夜子、電話」

セールスの類かと思ったが、光太郎は妻に電話を渡した。妻のフルネームを口にしたということもあったし、見知らぬ相手とのやりとりが煩わしくもあったので。それにたぶん、何か物思いに耽《ふけ》っているらしい妻を覚醒させたいという気分もあった。

ダイニングに戻る背中に、ああ、こんにちは、という小夜子の声が聞こえてきた。やはり知り合いか。だがあの声の感じだと、友人というのでもないのだろう。ブティックとか美容院の営業か。そういえば駅前にＭＩＮＴという美容院があったような気がする。パソコンのモニターに意識を移そうとしながら光太郎は考える。

「ああ……ええ……いいえ……そんなに気にするほどのものじゃないのよ。かえって申し訳なかったわね」

妻の声を聞くともなく光太郎は聞く。大きな声ではないのに奇妙に耳につく。口調がいつもより硬いせいかもしれない。あのもの言いからすると相手は若い男なのだろうが、何か面倒なことを言われているのか。俺が代わってやったほうがいいのではないか。妻の表情をたしかめなければ、と思いながら、モニターに目を据えたまま、光太郎はただ小夜子の声に耳を澄ます。

「……もてあますようだったら捨ててしまって。……いいえ……ほんとに、たいしたことじゃないから。そう……そう？　ええ、ありがとう、わざわざ。……そうね、また。ええ……それじゃ」

電話は終わったようだった。光太郎が尚もモニターを凝視したままでいると、小夜子はダイニングにやってきた。光太郎の椅子のうしろを通り過ぎ、薬缶《やかん》に水を入れ火にかけた。

「どうかしたのか」

そうすることを強制されたような気分で、光太郎は妻に声をかけた。え？　と小夜子は聞き返す。

「今の電話。誰から？」

微かに苛立ちながら光太郎は言葉を継いだ。ああ、と小夜子は小さく笑う。

「たいしたことじゃないの。美容院のひとよ。サクランボをお裾分けしたの」

「サクランボ？」

「安かったから二パック買ったの。でも、こんなにたくさんあっても腐らせてしまうと思って、一パック美容院に届けたのよ。ちょうど、通りがかりだったから」

「ふうん」

光太郎は頷いた。それから、あらためてまともに妻の顔を見たが、それは小夜子がじっとこちらを見つめている気配を感じたからだった。

光太郎は曖昧に微笑して、妻が何か言うのを待った。うちに持ち帰ったサクランボは、かんながあっという間に食べてしまって、あなたの分が残らなかったの、とか、美容院に届けたときには担当の人はちょうど留守だったの、とか。ようするにそれは光太郎の微かな違和感への説明、ということに違いなかったが、でも、じつのところ微かな、どうでもいいことでもあるのだろう、と光太郎は考えた。小夜子は結局何も言わなかったから。

「コーヒー飲む?」

そのかわりに小夜子はそう聞いた。うん、いいね。光太郎は答え、でも君は今洗濯物を畳んでいる途中だったんじゃないのか、と思ったが、やはりそれを口に出すこともなかった。

電話を切ったあと、海斗が思い出していたのはスクラップ帳のことだった。

雑誌の切り抜きを丁寧に貼りつけたスクラップ帳は七冊に及んだ。同じ内容の記事でも、違う媒体に載っていれば余さず収集したからだ。記事はすべて、Mというヘアメイクアップスタイリストに関するものだった。

中学の頃だ。あの頃、海斗の世界はくっきりふたつに分断されていた。片方はモノクロ。それは中学の制服の色合いと重なるようでもあったが、ようするに無色ということだ。表情も動きも、極力目立たないことを心がけ、クラスメートの顔色を窺い、息を詰めるようにしていた学校生活。ひきかえもう片方はフルカラーで彩られていた。すなわち、Mの切り抜きの世界だ。Mが手がけたモデルが闊歩するファッショングラビアや広告、Mの店、そしてM自身。

Mに憧れていたのは間違いないが、Mのようになりたいと望んでいたわけではなかった。あの頃の自分にとって、それは現実味のない、身の程知らずな夢だった。ただ切り抜きを集めずにはいられなかった。たぶん、いつしかMではなく、集めることに夢中になっていた。集めて、切って、貼りつけて。それがあの頃の俺の呼吸だったんだと海斗は思う。

それをしていないときには、モノクロの無呼吸があった。自分では理由がわからない、どうしようもない成りゆきによって、中学三年間は学校内のヒエラルキーの最下層にいた。扱いの難しいやつがいてやむなくそいつのパシリをしている、と当時は思おうとしていたが、平たく言えばいじめに遭っていた。私立高校に進学してそういう立場から抜け出したときに、それを認めた。たぶん認めたからスクラップ帳を捨てたのだった。そして同時に、美容師になるという希望が具体的なものになっていったのだ。

どうしてこんなことを思い出したのだろう。親海小夜子の夫と話したせいだろうか。話したと言えるほどもない二言三言のやりとりだったが、堅い職業に就いていそうな、面白みのなさそうな男に感じられた。そのじつ陰では、とんでもないコレクションに血道を上げていそうな、そんな感じだったから。いや違う、今たぶん俺は、俺自身が切り抜きになったみたいな気分でいるんだ。Mを気取ってるわけじゃない。親海小夜子が俺にかまける情熱に、ある種のシンパシーを感じそうになっているのかもしれない。

どうにも落ち着かなかった。電話をしたことを後悔しはじめている。日曜日に自宅の電話にかければ、夫が出る可能性があるということに思い至らなかった。墓穴を掘ってしまったような、言質《げんち》を取られたような気持ちになっている。ばかな。何の言質だっていうんだ。

電話したのは、そうしなければサクランボの礼を店でしなければならないからで、それを伊古田に聞かれれば、いらぬ勘ぐりをされそうだったからだ。それにもちろん、親海小夜子に釘を刺す目的もあった。こういうことはしないでほしいと。慇懃《いんぎん》無礼にサクランボの礼を言ったあと、「びっくりした」と続け、「お店にまた来ていただけるだけでじゅうぶんですから」とも言ったのだから、言いたいことは伝わっただろう。親海小夜子の受け答えは平然としたものだったが、それは傍らに夫がいたせいだろう。彼女にしても、夫がいるときに俺の電話を受けたことで、自分の行動がそろそろ行きすぎていることに気がついたのではないか。

考えれば考えるほど落ち着かなくなる。するべきことをしたのか、よけいなことだったのか。これで一件落着だろうと安心しようとするそばから、だがこれで親海小夜子が来なくなったらどうする、とも考えている。どんな種類の神様だったかはともかくとして、女神は立ち去るときに一切合切持っていくかもしれない。Mだったらこういうときどうしただろう。いや、Mはそもそもこんな羽目には陥らないだろう。

胃の調子がまた怪しくなってきて、海斗は食べ残しのサンドイッチを冷蔵庫に入れ、休憩室を出た。ドアを開けた瞬間に電話のベルが鳴り響き、思わず棒立ちになってしまう。

電話を取ったのは伊古田だった。ありがとうございます。ヘアサロンＭＩＮＴでございます。

はい、ご予約ですね。担当者はお決まりですか。応答が続くのをたしかめてほっとし、店内に一歩踏み出したそのとき、

「海斗くーん、明日四時に親海さまよろしくー」

という伊古田の声がかかった。


洗面所のドアを開けると、甘い匂いがむっとまとわりついてくる。オレンジと桃、それに強い花の香りを混ぜたような匂い。小夜子は何も言わず、髭をあたっている光太郎の横で手早く眉を引き口紅を塗る。朝からおめかしするんだね、と夫からからかわれたことがある。あれは二年も前のことではないと思うけれど、もう光太郎は小夜子の化粧を気にも留めない。いつものことだから目が慣れてしまったのだろう。ドイツ人の主婦でよくテレビや雑誌で見かけるひとが「家族に対する最低限の身だしなみとして、朝洗面を済ませたら薄化粧をする」と喋っているのを聞いて

何となく真似しはじめたことだが、今は家族に対してというより、眉毛を描いていないときの薄ぼんやりした自分の顔に自分で耐えられなくなってしまった。

キッチンに戻り先に淹れておいたコーヒーを温め、その横でこれもさっき卵液につけておいたハムとチーズのサンドイッチをバターで焼く。出来上がったものをテーブルに運ぶときには、光太郎もかんなもそれぞれの席にもう着いていた。いつものように光太郎は新聞を、かんなは——宿題でもあるのか——教科書に目を落としながら。

——と、光太郎がふいに顔を上げ、

「香水か？」

と言った。

しばらくの間沈黙があった。小夜子が黙っていたのは、彼が娘と妻のどちらに質問したのかわからなかったからだった。香水じゃないよ。コロンだよ。結局かんながそう答えた。

「洗面所、すごい匂いでびっくりしたよ」

光太郎は遠慮がちに言う。

「学校で何か言われないのか」

「ていうか今日はじめてだもん、つけたの」

「つけすぎじゃないのか」

「はーい」

光太郎は困ったように笑った。まるで手応えのない娘の反応に笑うしかない気分になったのか、あるいは自分の気弱な態度に自分で呆れたのか。父と娘との間はこの頃はいつもこんなふうだ。この頃――それがいつからはじまったのか、それこそが小夜子が知りたくてたまらないことなのかもしれない。

きっと今夜か明日の夜までにもう一度、光太郎はかんなの「コロン」のことを口にするだろう。娘にではなく、小夜子に向かって。あれ、どうなんだろうな。君からちょっと言ってやれよ、というふうに。そうねえ。私はただそう返すだろうと小夜子は思う。それはかんなの「はーい」とほとんど変わりない応答だ。私がかんなに何も言わないか、言っても何の効き目もない――何の効き目もないようにしか言えない――ことは夫にもわかっているだろう。家族というものはいつからか（いつから？）、そんなふうなものになっていく。そんなふうにしてしか成り立たないというよりも、家族でいることをやめないために三人が力を合わせてるのだと考えるべきなのだろう。

あの甘ったるい香りは、どんな瓶に入っているのだろう。

夫と娘を送り出したあと、小夜子は考えた。

掌《てのひら》に収まるほどの小さな瓶。オレンジか、でなければ猫とか子犬とかの動物を象《かたど》ったものかもしれない。中学生のお小遣いで買えるほどの安物のコロン。少女たちが群れ集う雑貨店でそういうものを売っているのは知っている。小夜子が若い時代にもあった。十五、六の頃、原宿の小さな店で「バラの香水」というものを手に入れたのが、後にも先にもその類のものを自分の意思で購《あがな》った唯一の記憶だ。

あれは銀色の金属の瓶に入っていた。化粧品というより毒薬とか化学薬品を連想させる瓶だったが、かえってひみつめいていて気に入っていた。教師だった小夜子の父親は光太郎よりずっと気難しくて厳しいひとだったから、そんなものを持っていることは両親にはぜったいのひみつだった。コルクの蓋をそっと外してうっとりするような香りを吸い込んでみることは幾度もしたが、ほんの一滴を肘の内側に擦り込んだのは数えるほどしかない。そのときの気分、そうしている自分を含めた風景を思い返せば、娘のことも想像できる。甘ったるい香りを、あの子はあの少年のためにつけているのだろう。自分の匂いを少年に覚えさせるために。

小夜子はふっと我に返ってびっくりした。「自分の匂い」だなんて。なんてことを考えているのだろう。娘のことなのに。私、どうかしている。

びっくりしたあまりにおかしくなった。くすくすと笑ってみる。うまく笑えた。笑えたことでどんどん気分が軽くなるようで、小夜子は水切りカゴに上げたばかりの食器を拭きながら、鼻歌を歌いはじめた。「サクランボの実る頃」。母が聴いていた古いシャンソン。

やっぱり、どうということはなかったのだ。

すでに意識は娘のことから離れていた。考えていたのはサクランボのことだった。よかった。やっぱりたいしたことじゃなかった。光太郎は少しもへんに思っていなかったもの。

気まぐれにサクランボを買ってしまい、どうしていいかわからなくなったから、食べてくれそうなひとにお裾分けした、それだけのこと。安売りで二パック買ったというのと、サロンに届けたというのは嘘だが、それは「気まぐれ」の部分を説明するのが長くなりそうだったから――艶々と赤い果物を発作的に買いたくなる気持ちなど、男にはわかりっこない──で、どうということもない。いずれにせよ光太郎は気にもしていなかったもの。サクランボをわざわざ二パック買って、山田海斗の家の前に置いてきたのだと本当のことを明かしたところで、へえ、そう？　と頷くだけだろう。むしろサクランボごときでわざわざ自宅まで電話をかけてきた山田海斗が大げさすぎる、と考えるべきなのだ。

気がつくとキッチンの壁を磨きはじめていて、鼻歌は「サン・トワ・マミー」に替わっていた。ふたりの恋は　終わったのね……。

そのことがまたおかしくなって、小夜子は歌いながら笑った。

ふたりの恋は　終わったのね
許してさえ　くれないあなた
さよならと　顔も見ないで
去って行った　男のこころ……

今日も小夜子は歌っている。

歌詞に意味はない。サン・トワ・マミーのようにも思えるが、まるでべつの歌のような気もする。声を出しているわけでもない。歌っている、というより聞こえている、といったほうがいいのかもしれない。遠くの打楽器。太鼓よりももっと軽やかな、けれども差し迫った音。あれは木琴だろうか。

今日は火曜日で、山田海斗の休日だ。小夜子がなぜそれを知っているかといえば、海斗が教えてくれたからだ。ＭＩＮＴは年中無休だけど、僕は火曜日が公休です、と海斗は言った。

だから火曜日の予約は避けろということだったに違いないけれど、だから僕は火曜日には自宅にいます、という意味でもあるだろう。だから私は今日、海斗の自宅へ行く。歌のように小夜子は思う。

午後三時、今日も雨。雨は憂鬱だが傘を差せるのはありがたい。傘で顔を覆って歩くことができるから。自分が今いったいどんな顔つきをしているのか考えずにすむから。傘は小夜子を世界から隠し、世界を小夜子から隠してくれるから。

本当に私はこのまま、海斗の家まで歩くのだろうか。心のどこかで、そう考えている。

何のために？　何をしに？　ドアの下に置いてくる果物も今日は持っていないのに。まさか、行きはしないだろう。ただ歩いているだけだ。そう考えながら、気がつくと海斗が住む奇抜なデザインの建物の前に立っていた。

もう帰ろう、と思いながら、小夜子はアプローチから海斗の部屋の前へと近づいていった。無色のコンクリートの壁に、各戸のドアだけが鮮やかな青で塗られている。プレートの中に差し込まれた白いカードに、細い明朝体で「山田海斗」という氏名が印字されている。この種の建物の住人ならば、「K. YAMADA」とでも表記しそうなものなのに、そうしなかった海斗の心理を小夜子は想像する。まったく彼らしい、そう感じる。その感慨には表札同様にもうすっかり馴染みがあり、自分が倦んでいるようにさえ感じる。ここへ来たのはまだ二回目なのに、もう何年も前から幾度となくこの部屋を訪ね続けてきたかのように。

海斗が部屋にいることが小夜子にはわかった。物音がしたわけではなかったが、気配を感じた。呼び鈴に指を押しつけた、それが理由だった。だが、きっと留守だろう、気配は私の空想に過ぎないのだろう、とも思っていて、それが理由のようでもあった。雨に湿った金属の突起の上で人差し指が反り返った。

物音がした。それは気配ではなくはっきりと耳に届いた音だったが、そのあと長い間何も起こらなかったので、やはり幻聴だったのかと思いかけた。そのとき不意打ちのようにドアが開いた。

海斗の、ちょうどドアと同じ色合いのトレーニングパンツを小夜子は見、そのうえに羽織った黒い木綿のシャツを見、そのシャツのボタンがひとつも留められていないために、彼の胸から腹までがほとんどあらわになっているのを見た。それから海斗の顔を見たが、そのぽかんとした表情が自分に向けられたものであるということはなぜか意識されなかった。

ぽかんとした顔のまま、海斗はゆっくりと振り返った。その動作によって小夜子の視界が開けて、部屋の奥のベッドから落ちそうな姿勢で半身を乗り出している裸の娘の姿が見えた。


夜九時、「ふくろう」のカウンターで「チャーシューチキン」を頰ばりながら、唯がまたクスッと笑う。

今夜何度目かの思い出し笑いだ。さっきは気づかないふりをしたが今度こそ何か言わなければ不自然だろう。

「なんだよ?」

それで、海斗はそう言う。同じようにクスッと笑いながら——わかってるけど、という意味を含ませて。実際、唯が何を思い出しているのかはわかりすぎるほどわかっている。

「海斗は悪い男だね」

「やめろよ」

「あたし、なんだかじんとしちゃったよ。見た? あのおばさんの目?」

「やめろって」

海斗は皿に一切れ残っていたチキンを唯の口に突っ込んだ。唯は旺盛に咀嚼《そしやく》する。

結局この皿はほとんど唯がひとりで片付けてしまった。

「いくら客がいないからって、あんまりいちゃいちゃしないでくれる」

マスターが割って入ってきた。今夜の「ふくろう」はがら空きで、来たときから貸し切り状態だった。いちゃいちゃっていうか。唯が待っていたとばかりに反応する。

「今日、海斗のストーカーに会っちゃったの。おばさんなんだけど」

「うえっ。やっぱいるんだ？　そういうの」

「ストーカーっていうのは大げさなんだけどさ」

いとも簡単にその言葉が唯の口から出たことに少しばかり動揺しながら、海斗は話を引き継いだ。

「店の客なんだけど、なんかちょっとしつこくて。メールやたら寄こすんで、無視してたら、家まで来るようになってさ」

最初はドアの前にサクランボが置いてあったんだよね。海斗がはしょった情報を唯が補足する。そりゃ立派なストーカーだろう。マスターが言い、だよねーと唯が嬉しそうに頷く。だよなあ。海斗も心中で認める。

「それで今日、とうとうピンポンって呼び鈴押されて」

「うえー」

「しかもあたしたち、ちょうどエッチしてるときだったんだよね」

唯は少し酔っぱらっているようだ。エッチとかさらっと言うなよ。マスターが笑う。で、どうしたの。

「コーラ飲んだの。三人で」

「コーラぁ？」

「うん。あたしが誘ったの。ストーカーってものに興味があったし、おばさんだから危険もなさそうだったし。それになんか気の毒にもなっちゃって。ちょっと近くまで来たから、とか言い訳するんだけど、その顔がもう必死でさ……」

マジかよ？　という顔のマスターに、海斗は頷いてみせた。あり得ない成り行きは唯の言うとおり彼女の一言によって展開した。そんなとこで立ってないで、ちょっと入ってもらったら？　親海小夜子におとなしく帰ってもらうにはどうすればいいか考えながら、戸口に棒立ちになったまま動けずにいる海斗に向かって、唯はそう言い放ったのだ。それも、素っ裸に海斗のTシャツ一枚羽織っただけという格好で。

「そんで、どうしたの。話とかしたわけ」

マスターは海斗に向かって質問するが、海斗が答えるより先に「そう」と唯が答える。

「っていっても二十分くらいしかいなかったけどね。ジューッてコーラ飲んで、ダーッと帰ってったから」

自分の言葉がおかしかったのか、唯はそう言ってきゃはっと笑った。

「何話すわけ。そういうときって」

「話って話もしなかったけど。おばさん、座ってるだけでもう精いっぱいって感じだったから。あーそうそう、おばさんの娘も海斗のお客さんなんだよね、その話したね」

「なんかすごいことになってるなあ」

「なんかね」

　マスターに苦笑してみせながら、海斗は親海かんなのことを思い出した。「親海」という特殊な名字を聞いただけで、伊古田のばかが機械的に予約を海斗に回したのだ。

　親海かんなは昨日の夕方にやってきた。学校が終わって真っ直ぐ来たのか、制服姿で、チャームをじゃらじゃらくっつけて、そのせいで一割方重くなってそうなスポーツバッグを背負って。親海小夜子の面差しを思い出さずにはいられなかったにせよ、なかなか可愛い子だった。何よりだったのは親海小夜子に比べてずっと気楽な、社交的なタイプであるということで、向こうも俺が気に入ったようだから、このあと友だちを何人か引っ張ってきてくれるかもしれない。中高生の口コミは大きい。

　海斗は、そう考えてみた。親海小夜子がストーカーであることは最早疑いないとしても、唯が言うとおり彼女はただのおばさんで、無言電話をかけてきたり突然家までやってくる以上のことができるとも思えないのだから、そんなに気に病む必要はないのかもしれない。親海かんなが俺の顧客になったのは親海小夜子がいたからに違いないのだから、むしろラッキーと考えるべきなのかもしれない。

髪質、お母さんと同じだね。親海かんなに話しかける自分の声がよみがえる。顔立ちはどっちかっていうとお父さん似？　いや、お会いしたことはないよ、もちろん。でもほら、お母さんとお嬢さんっていうと、見ただけで親子だってわかる方たちもいるけど、それとは違うなって。うんうん、どっちも美人だよ、もちろん。

「人気者はつらいな」

譫言《うわごと》みたいにそんな呟きが洩れた。今の聞いた？　唯が頓狂な声を上げ、しょってるなこいつ、とマスターが言った。ふたりと一緒に海斗も笑った。なんか俺、よく笑うな。呟きが再び漏れたが、今度はふたりには聞こえなかったようだった。

同僚の知り合いの友だちの話、というようなことだったので、どの程度真実なのかはわからない、と光太郎は思う。

だがその話が、妙に心に引っかかっているのはたしかなのだった。

その男がある日、会社から帰宅すると、出迎えた妻が「インドの踊り子」のような格好をしていたそうだ。サリーを巻きつけていたのか、ベリーダンサーの扮装だったのか——その辺りにはやはり又聞きの曖昧さで諸説あったが。妻は合掌して深々と一礼すると——この描写も怪しいものだが——踊りはじめた。くるくると。くねくねと。ようするに夫が見たこともない奇妙な踊りを。さらには踊りながら歌いはじめた。ハラホロヒレハレ。ハラホロヒレハレ。両手をぐにゃぐにゃと動かし、首をがくがくと振り、目は半眼で——その様は話し手の男が実演してみせた——何かに憑依《ひょうい》されたとしか思えぬふうに。

何をふざけているんだと笑ってみせても相手は笑いもせず、いいかげんにしろよと怒っても動じる様子もなく踊り続けていた。これはただ事ではない、警察か、いや病院だろう、それよりも先に妻の親元に連絡するべきかと真剣に考えはじめたとき、妻はぴたりと動きやめ、あははははと笑い出した。ごめんなさい、あなた、驚いた？デパートで買った福袋に変わったものがいろいろ入っていたせいで悪戯を思いついたのだと説明する妻には、もうどこにも——身につけている衣装以外には——異様なところはなかった。何だよもう、と男は溜息を吐きながら、無用な動揺をさせられた腹立ちもあったがとにかくその日は妻と一緒に笑った。だがそれ以来その男は、妻の正気を信じることがどうしてもできなくなってしまったそうだ。

その話を光太郎は、法人契約を結んでいる会社の担当者から聞いたのだった。こちらも先方もそれぞれ部下を連れていて男ばかり総勢四人で、すでに何度か顔を合わせていて気安い仲だったから、昼日中、酒が入っていなくても仕事の用件が終わればそんな話も出る。

どんどん薄気味悪くなって、今じゃもう離婚を考えているそうだよ、でも奥さんの奇行はそれ一度きりだから、どうしようもないんだそうだ。話し手は言い、そりゃあ気の毒な話だなあ、と男たちは笑いながら頷き合った。そんなもの見せられたら俺ならEDになっちまうよ。誰かが言い、うっかりEDにもなれないですよ、そのせいでまた踊りくるわれたらたまらんでしょう、と誰かが応じて、笑い声は大きくなった。

ダイニングには今朝も娘の香水の匂いが漂っている。

かんなに言わせれば香水じゃなくてコロンらしいが、だから匂いが薄まって感じられるというものでもない。甘ったるくて、娘にも朝にも、自宅のダイニングにはまるでそぐわない匂い。もっとも毎朝のことだから次第に鼻が慣れてきてはいるが。そのうち、この匂いが嗅ぎ取れないことに違和感を覚えたりするようになるのかもしれない。その頃には娘はもう、取り返しのつかないことになっていたりするのかもしれない——あらゆる意味で。

光太郎はサーバーから二杯目のコーヒーを注いだ。温めなくていい？　と小夜子が聞き、いい、と光太郎は答える。かんなは小夜子の隣で、今朝は英語の教科書をめくっている。髪型が少し変わったようだ。色も以前より明るい茶色になっている。両親と同席するテーブルで娘が携帯電話をいじるのも英語の教科書を眺めるのも、結局は同じ意味なのかもしれないな、と光太郎は考え、それからふいに、「ハラホロヒレハレ」の話を今ここでしてみようかと考えた。

その準備段階として、光太郎は手にしたコーヒーカップを受け皿に置き、「ふふっ」と思い出し笑いをした。——と、小夜子がぱっと顔を上げて、

「かんな」

と言った。それは何か妙に重々しい呼びかけかただったので、かんなはやや緊張した面持《おももち》ちで母親を見た。

「美容院、替えたの？」

「あっ、そうそう」

なんだそのこと、というふうにかんなは頷く。

「前のサロン、店長が替わってから何かやな感じになっちゃってさ。全体的にたるんできたっていうか。だからＭＩＮＴにしてみたの。うちからも近いしね」

小夜子は頷く。微笑んでいるが、言葉を発しないのがやや奇妙な感じだ。

「お母さんと同じ人が担当になったんだよ。海斗さん。あたしが電話したとき、名字聞いた人が、お母さんだと思っちゃったんだって」

「そう」

「髪質がまるきり同じなんだって、お母さんとあたしと。顔とかは、親子だって言われなければわかんなかったかもって言ってたけど」

「面白いわね」

かんながいつになく饒舌なのは、小夜子の口数が少ないせいだろう。だがかんなももうじゅうぶんだと思ったようだ。会話の終わりを宣言するかのようにおもむろに教科書を閉じた。

ＭＩＮＴという店名には聞き覚えがある、と光太郎は思う。そうだこの前の電話だ。サクランボがどうとか。そのことを言おうかと思ったがなぜか声が出ず、同時に、話そうと思っていた話をする気分もまた嘘のようにさっぱり消えてしまった。

6

山田海斗の顔を、いまだに小夜子はうまく思い出せない。けれども海斗の恋人のことは、一度会っただけなのにくっきりと記憶に刻みつけられている。それは不思議で腹立たしいことだった。

小夜子は順番に思い出していく。海斗の恋人の——そうだあの娘は唯という名前だった、「唯我独尊の唯です」と本人が得意げに教えた、だからつい覚えてしまった、あの娘の名前など必要ないのに——指の、爪の先から。爪は水色と青に塗り分けられていて、爪の先のほうが青、その上にきらきらした銀粉が散らしてあった。いちおう雨のつもりなんです、梅雨仕様です、とあの娘は、たぶん会う誰彼に繰り返しているのだろう能書きを言った。小さくて子供みたいな手だったが、皮膚はいかにも柔らかそうで、すべすべした指の腹の内側に濁りのない血が旺盛に流れているのが透けて見えた。

折りたたみ式の安っぽいテーブルの上に、三つ並んだコーラのコップ。コップは細長くてトランプの柄がついていた。レトロなコップ――海斗とあの娘、どちらの趣味なのかわからないが、彼らのような若者がいかにも好んで揃えそうな食器。五百ミリリットルの缶コーラを、あの娘が気取った手つきで注ぎ分けた。小夜子は玄関側に、海斗と娘はベッドを背にして座っていた。ベッドのシーツは黒、布団カバーも黒、枕カバーも黒。まるまって床に落ちていた布団を、海斗が慌てて拾い上げ、まるで死体でも覆い隠すようにベッドの上に広げたのを見た。そうしたところで狭い部屋中にこもっているセックスの匂いは隠しようがなかったけれど。

「海斗のお客さんに、一回会ってみたかったんですよう、あたし」

娘は言った。仕事中の彼って、ちょっと想像できなくて。あ、前のお店には一度行ったことあるんですけど、やっぱあたしの前だとふだんの接客とは違うと思うんですよね。

喋りながら娘は、無意識を装って、海斗の腕や膝にさりげなく触れた。娘の指は海斗の体によく似合った。そのことを彼女はよく知っているのだろう。

「海斗って、お店では案外気取ってるでしょ。美容師喋りとか、します？」

娘は小夜子同様にあまり上背がなかったが、小柄な女にしては垢抜けていた。顔がとても小さいせいかもしれない。髪はベリーショートで、赤みがかった茶色は角度によっては紫にも見えた。両耳におびただしい数のピアスをつけていたが、その中のひとつが海斗とおそろいであることに小夜子はすぐに気づいた。真ん中にルビーを嵌め込んだ十字架のピアス。美容師喋りって？　と小夜子は会話を続けるために、知りたいとも思っていないことを聞いた。

「〝今日はこのあとお買いものですか？〟〝今日はお仕事お休みですか？〟」

娘は鼻にかかった声で、妙なイントネーションで喋ってみせ、すると海斗が「そんな喋りかたするやついないって」と笑った。いるわよう。みんなそうじゃん。ねえ？

娘は海斗にしなだれかかってから、小夜子に向かって笑いかけた。

娘は得意満面だった。それはそうだろう――彼女のどこもかしこもが小夜子よりも美しく、輝いていて、力が漲《みなぎ》っていたのだから。経験とか知識とか教養など、あの娘にとっては何の価値もない、無力なものでしかないのだろうから。その傲慢な考えかたを支えているのは彼女がたまたま今は持っている若さだけだということにさえ、あの娘は気づいていなかった。

そして間ができた。それは海斗が戸惑っていたせいだろう。まるで違う、二種類の生きもののようなふたりの女を前にして、娘のように無神経になれないとすればどう振る舞えばいいのか、途方に暮れていたのだろう。そうして海斗は、

「そういえば昨日、お嬢さんが見えましたよ」

と言ったのだった。

小夜子はびっくりし――ほとんどぎょっとして、とっさに反応できなかった。かんなが山田海斗に会った？　昨日？

「親海さまはめずらしい名字だから、お電話いただいた者がお母様と間違えたみたいで。自動的に僕が担当させていただくことになったんです。似てらっしゃいますよね、やっぱり」

「えー親子で海斗が担当してんだ？　嘘みたーい。すごーい」

頭が痛くなるような甲高い声で娘が叫んだ。「べつにすごくねえよ」と海斗がやや鼻白んだように苦笑した。そのとおりよ、べつにすごくはないわ、家族なんだもの、住んでいる町の美容室に私とあの子が通うのはなんの不自然もないわ。小夜子は自分にそう言い聞かせながら、海斗がかんなのことをわざわざ今、口にした理由を考えた。


電話が鳴るたびに飛び上がりそうになってしまう。

そしていっそ受話器を取るまい、電話の音などにいちいち動揺させられるのはごめんだ、と思うのに、結局電話を取り、聞こえてくるのが予期していた声ではないと、一瞬のうちに目の前が薄暗くなったように感じられるほどにがっかりしてしまう。

「住んでない家の水道料金をうちが払うの？」

自分でもびっくりするほど刺々《とげとげ》しい声で小夜子は応じた。電話の相手は水道局の担当者だった。前の家の水道が、四月五月と使用されていて、その料金は親海家に請求せよと大家が言っている、というばかげた話。

「何かものを取りに戻られたとか、そういうこともありませんか」

「一度もありません」

「奥様でなくても、ご家族の誰かが……」

「いいえ。戻る理由がないもの」

強い口調のまま小夜子は受話器を置いたが、そのとたん、たしかめに行かなければならないという気持ちになった。以前の借家とは沿線を三つ上るだけの距離しか離れていないのだ。たとえばかんなが、こっそり利用している、ということはないだろうか。

そんなことを本当に懸念しているわけではなくて、たんに前の家へ行く口実なのかもしれなかった。だが前の家へなぜ行こうと思うのかはわからない。この頃の自分の行動は、何かのための何か、ということばかりでできあがっているような気が小夜子はする。

降り終えたばかりの、今にもまた降り出しそうな梅雨空の下を歩いてその家に着いたとき、あっと思った。鍵が閉まっているのだ。小夜子自身はもちろん、鍵はもう家族の誰も持っていなかった。三本揃えて、越した日に大家に返してしまったから。やはり大家はどうかしている——入れない家の水道が使えるはずもない。

それでも何かわかることがあるかもしれないと、小夜子は家のぐるりを回ってみた。葉蘭を掻き分けて水道メーターを調べてみたが、あらわれている数字は何の意味もなさない。

小さくて古いこの借家には、かんなが小学校に入る年から住みはじめた。細長い庭は植栽も雑草も伸び放題で、ジャングルのようになっている。もっとも住んでいるときも、これほどではなくても似たような状態だった。家の裏手に放置されて錆びているスチールの本棚は、前の住人が置いていったものだが、処理しなければとときどき思い出したように誰かが言うだけで、住んでいる間ずっとそのままだった。建て付けの悪い網戸も、ベニヤがはがれてきた二階の雨戸も、不平を言いながら何の手当もしなかった。借りている家だから意欲が湧かないということもあったのだろうが、家族みんな、容れものはこの程度でいい、と思っているようなところがあった。

しかし引っ越したのは半年も前のことではないのだ。小夜子は不意にそのことに気づいてびっくりした。

たった四ヶ月前。にもかかわらず、どこか遠い国のことのように思い出している。まるで与《あずか》り知らない場所のように。ついこの間までここにいたのに。ここまで来るのに電車で十五分もかからなかったのに。

鈴の音がして振り返ると、黒猫が門柱の上で首を傾げていた。隣家の猫だ。住んでいたときは上がり込んで昼寝をしていったりする猫だったので、「サクラちゃん」と小夜子が呼ぶと、ぴょんと飛び降りて足元にすり寄ってきた。小夜子は屈み込んで猫を撫でた。猫はゴロゴロと旺盛に喉を鳴らし、寝転がってお腹を見せた。ほら、この猫だって私を覚えている。小夜子は思う。私は何も変わっていないことをこの猫は知っている。

「あらあ。親海さん」

庭先に面した隣家のガラス戸が開いて、その家の主婦が顔を出した。小夜子は立ち上がり、こんにちは、お久しぶり、と明るい笑顔を作った。

「親海かんなって子、いましたよね」

海斗はびくりとしたが、それは自分に向けられた声ではなかったので、気づかぬふりで鶏の唐揚げに箸を刺した。必要以上に細心の手つきで小さくちぎり、口に入れてゆっくりと咀嚼する。

「親海かんな。お嫁サンバみたいだな」

　ハハッ、と気の抜けた笑い声が起きる。話しているのはアシスタントふたりで、MINTに来る客の変わった名前を肴《さかな》にしているらしかった。親海って、どういう字？　親に海じゃなかったかな、めずらしいですよね、と話は続いている。

「親海さんって、親子で海斗さんの客ですよね？」

　やっぱりこちらに来た。うん、と海斗は簡潔に答える。答える前に飲み込んだ唐揚げが、小石のように食道にごつごつぶつかりながら落ちていくのを感じる。男性スタイリストの及川《おいかわ》とともに、アシスタントをふたり連れて終業後飲みに来ている。午前四時まで開いているという理由だけで同僚たちと利用する居酒屋。

「母親の名前何でしたっけ」

　あー？　と海斗は面倒くさそうに考えるふりをしてから、親海小夜子、と答える。

「小さい夜の子」

　どうせ聞かれるからそう付け加えたが、自分の言った言葉になんとなくひやりとした。

「へえー。女優みたいっすねえ」

「どんな人でしたっけ？　親海小夜子。名前、似合ってましたっけ？」

「おい」

海斗の向かいで携帯電話を操作していた及川が、顔を上げて口に指をあててみせた。いちおう店の最寄り駅から一駅置いた場所で飲むという配慮はしているが、それでもここで喋り散らしたことが客の耳に届く可能性はあるのだ。わかりきっていることに海斗も今さら思い至り、叱られたのが自分であるかのように、思わず周囲を見渡した。

ひやっという顔をアシスタントたちも見合わせる。うっとうしいお喋りが止《や》んだのをしおに海斗も携帯電話を取りだした。メールが一通。この頃いつもそうであるように、幽霊屋敷のドアでも開けるように——あるいは、夏場に三日間放置したカレーの鍋の蓋を開けるように——受信ボックスをチェックすると、唯からだった。

「何、今の顔」

及川から、からかう声が飛んだ。

「え。顔って」

海斗は携帯電話をパチンと閉じる。

「すごい悩ましい顔してたよ。エロメール？」

「言ってろ」

「海斗さんメールまめですよね？」

　割り込んできたアシスタントに、「何だよ、それ」と海斗は返し、急いで笑顔を追加した。

「海斗さんって、シザー持ってないときは携帯持ってるって言うか」

「みんなそうだろ」

「いや、何か情熱が違いますよね」

「唯ちゃん可愛いもんな」

　及川とは一度、「ふくろう」で唯を交えて飲んだことがあった。まあね。海斗はややほっとしながら頷く。俺、むちゃくちゃ惚れられてるからさ。

　うへー言ったよ、こいつ。スタイリストの声を合図にアシスタントたちがここぞとばかりに囃《はや》したて、海斗は適当に相手をしながら、そうだよな、惚れられてるんだ、と考えた。この前、唯が親海小夜子を俺の家に招き入れたのも、あいつが俺に惚れきってるからなんだ。俺にかかわることには全部興味があるんだろうし、俺に惚れてることや俺から惚れられてることを、ああいうふうにたしかめるのが楽しくてしょうがないんだろう。

だから唯は悪くないんだ。海斗はそう思い、思ったことで、唯を咎めたい気持ちをこの前親海小夜子が来たときから、じつはずっと抱えていたことに気がついてしまった。

「親海さまってさ」

及川がぐっと顔を近づけてきてごく小さく囁いた。海斗は今度こそぎょっとし、思わず身を引いてしまう。

「結構、よく来るよね。正直そんなに手をかけるほどの素材かよって思うけど」

イヒヒヒ、と及川は忍び笑いし、言いたいことを言ったという顔でまた携帯電話をいじりはじめた。

七時前に帰れる、とメールを打ったが返信がなく、電話をかけても小夜子の携帯電話は不通になっていた。だがそのときはもう家のすぐ近くにいたので、光太郎はそのまま帰宅した。

玄関のドアはするりと開いたが、ホールもリビングも暗い。キッチンの手元を照らす白熱灯だけがぽつんと点っている。

「おーい」

階段の下から、二階に向かって光太郎は呼びかけた。鍵が開いていたのだから誰かがいるはずだし、そもそもこの時間に妻と娘が在宅していないなどあり得ない。だが自分でもどうかしていると思うのだが、階段を上がっていってたしかめる、ということがなぜかできない。

「おーい、誰もいないのか」

不安のあまり怒りを含んだ声をもう一度張り上げると、幾つかの音が聞こえてきて、階段の上に不機嫌な顔のかんながあらわれた。

「なんだ、どうしたんだ」

あらわれるはずだったものとはべつのものがあらわれたような気分にとらわれて、光太郎はうろたえた声を上げた。制服のスカートはそのままで上だけブラウスを脱ぎタンクトップ一枚という娘の姿は、信じられないくらい崩れて見える。

「ちょっと寝ちゃっててー」

かんなはその姿に見合ったけだるい声を返した。

「お母さん、熱あるんだってー」

光太郎はようやく階段を上りはじめた。事態がわかりかけてきた安堵と、身勝手に違いない怒りとともに。かんなは義務は果たしたとばかりに自分の部屋に戻ってしまった。

寝室は真っ暗だった。電気が点《つ》いていない上にカーテンを閉めきっている。光太郎は電気のスイッチを入れたかったが、そうしていいものかわからないまま、「小夜子」と小声で呼んだ。

「お帰りなさい」

意外にもすぐ返答がある。しっかりした声だ。眠ってはいなかったのか。

「熱があるんだって？」

「今日、大西さんとお茶を飲んだの」

「え？」

妻が何を言っているのかわからない。そもそも光太郎が話しかけているのは妻と言うより、妻のかたちに膨らんだコーヒー色の上掛けだ。小夜子は起き上がろうともしない。

「前、お隣だった大西さんよ」

「ああ……」

　夫妻ともよく似た印象の、ふっくらした感じのいい隣人のことを光太郎は思い出す。どこかでばったり会いでもしたのか。

「今日、前の家に行ったの」

「え？　何しに」

　水道料金がどうこうという話を小夜子はする。説明している本人もよくわかっていない――あるいはどうでもいい――ふうだ。とにかく前の家へ行った。そしてついでに大西さんの家を訪ねた。そういうことか。

「あの家、どうなってた。もう次の借家人が住んでただろう」

「いいえ」

　そのままだったわ、と小夜子は言う。草がちょっと伸びてただけだった、と。詰《なじ》るような口調なので光太郎は戸惑った。

「それで……大丈夫なのか、熱は」

　大丈夫、という答えがあったが妻のかたちの上掛けはほとんどその形を変えず、結局光太郎はそこに近づくことができなかった。

あなた、お願い、ここへ来て、という呼びかけは、小夜子の唇のすぐ内側にあったが、それが外へ出ていく前にドアが閉まった。ごくゆっくりと、滑稽なほど慎重に。光太郎はほとんど足音を忍ばせて出ていったが、十分ほど経ってから意趣返しのように乱暴にドアを開け、かんなが腹を空かせているから食事に連れていく、食べられそうなものを買ってきてやるが何がいいかと聞いた。小夜子は何もいらなかったがヨーグルトをひとつお願いと頼んだ。それで夫の気がすむのがわかっていたから。

本当に熱があった。大西さんの家にいるときから具合が悪かった。つめたい緑茶と一緒に出してくれたお手製の煮梅は以前にもお裾分けで食べたことがあったが、今日はひどく甘く感じられ、あまりの甘さで頭が痛くなってきた。

洒落た拭《ふ》き漆《うるし》の菓子皿に載った煮梅――大西さんの丁寧な暮らしぶりは、親海家では賞賛の的にも笑い話の種にもなったものだった――はどうにか全部食べ終えたが、「大丈夫?」と聞かれてしまった。ちょっと熱っぽいみたい、と答えたのは、辞すきっかけにしたかったからだが、家に帰り着き熱を計ってみたら、三十七度五分あった。

元来熱には強かった——その体質は娘にも受け継がれていて、かんなは三十八度の発熱があっても運動会を休まないと言い張って、困らせられたことがあったものだが。今は頭痛はもう治まって、熱は柔らかくて生暖かい繭《まゆ》みたいに小夜子を包んでいたが、その奥へことさらに潜り込むようにして、再び目を閉じた。

まず浮かんできたのはかんなのことだった。

学校から帰ってきても母親がいつもいる場所にいなかったから、おかあさーん、おかあさーん？　と次第にヒステリックな調子になっていく呼び声を上げながら、ずかずかと寝室に入ってきたあの子。やだ寝てんの？　病気？　大丈夫なの？　面倒なことになった、という気持ちがあからさまな口調の中に、幾らかでも気遣うトーンがあったことを、あの年頃の娘の母親としては喜ぶべきなのだろう。

娘はもう、美容院だって自分で勝手に好きなところを見つけてくる年頃なのだから。前の店は全体的にたるんだ感じになってきたから、と言っていた。いっぱしの口ぶりだ。それで、ＭＩＮＴを訪れた。担当が海斗になった。

「親子と言われなければわからなかった」。海斗はかんなに、そう言ったらしい。でも、海斗は私にそうは言わなかった。似てらっしゃいますよね、やっぱり。そう言った。これはどういうことなのだろう？　かんなが嘘を言ったとは考えられない。あの子には嘘を吐く理由などないのだから。とすれば答えはひとつだ。海斗が私に嘘を吐いたのだ。私とかんなが「似てらっしゃる」などとは彼は思っていない。母親と似ているなどと言おうものなら、かんなはきっと気を悪くする。そういう気配りも働いたのかもしれない。親子と言われなければわからなかった。全然似ていない。私にはもう、かんなのような輝きは微塵《みじん》もない。

自分が目を見開いていることに気づいて、小夜子はぎゅっと目をつぶった。瞼の裏に花火のような模様がちらつく。熱のせいだろうか。もっと熱が上がればいい。

近かった、と考えた。

前の家までは何ほどの距離もなかった。すぐに戻れた。簡単なことだった。古びた狭い家に何の違和感もなくて、家具と家族さえ誰かがさっと運んでくれれば、明日からまたあの家で何の支障もなく暮らせると思った。そうしてあの家にいたとき、私はＭＩＮＴという美容院のことなど知らなかったし、もちろん山田海斗という青年がこの世に存在することも知らなかったのだ。

だから本当に、簡単なことだろう、と小夜子は思った。山田海斗のことを考えるのをやめるのは。やめる、と決めさえすればすむことなのだ。水道局からのばかばかしい電話を受けて、水道メーターをたしかめに出かける、それと同じほどの簡単なこと。あの家にいたときの私には山田海斗など欠片《かけら》も必要なかった。山田海斗からのメールも、海斗と話すことも。そんなものがなくても日々は着々と過ぎた。考えたり、思い悩んだり、喜んだり悲しんだりすることはほかにいくらでもあった。

そこに戻れないということがあるはずはないのだ。私は戻る。そう決めさえすればいい。そうして海斗は、彼に必要な者たちと、彼を必要とする者たちとともに勝手に生きていけばいい。私の与り知らない場所で。

小夜子は自分がもう「決めた」ことを感じた。その感触のたしかさに安堵して、少し眠ったようだった。物音で目が覚めて時計を見ると、一時間ほど経っていた。ぱっと部屋が明るくなって、戸口の光太郎が見えた。

「ヨーグルト、買ってきたよ。それにレトルトの粥《かゆ》も」

「ありがとう」

小夜子は起き上がりながら微笑んだ。光太郎が彼なりに頭をひねったらしいのがおかしかった。このひとはいつも戸口に突っ立ったままだけれど、こんなふうに私をおかしがらせてくれもするのだ。

小夜子はベッドから出て、脱ぎ捨ててあったスカートを身につけた。着替えている間に光太郎の姿は戸口から消えていたけれど、部屋を出ると階段の降り口で待っていた。

「大丈夫か」

枕詞《まくらことば》みたいにそう言う夫に頷き返して、

「何食べてきたの」

と小夜子は聞いた。

「イタリア料理。っていうほどのものでもなかったけど、ピザが食いたいってかんなが言って」

隣駅の、かんなが友だちとよく行くという店に連れていかれた。車だったからビールが飲めなかった、と光太郎は言った。

かんなは帰ってすぐまた自室にこもってしまったようだった。光太郎がレトルトの粥を作って——といっても、中身を器にあけてラップをかけ、レンジのスイッチを入れた、というだけのことだが——くれた。その間はずっと食事した店の話をしていた。

かんなと同じ年頃の娘たちで溢れていて居心地が悪かったこと、いかにも若者向きのメニューや味のこと。あちちち、と言いながら危なっかしくテーブルの小夜子の前まで運んできて、

「そういえば、同じ人に髪切ってもらってるんだよな」

と光太郎は言った。

「ええ、そうよ」

努めて平静な声を小夜子は返した。少なくとも、返したつもりだった。

「ＭＩＮＴって美容院、どっかで聞いたことがあるって思ったら、電話がかかってきたんだよな、この前」

ああ、そうだったわねと小夜子は答えた。声が震えないようにしないといけない。

「かんなの携帯にもメールが来たよ。ちょうど食ってるときだったから、見せてくれた。まめだね、最近の美容師は」

「客商売だものね」

粥の中に浸したれんげを小夜子はじっと見た。粥を掬って口元まで運ぶのがひどく難しいことに思える。

熱は三十七度から七度五分の間を行きつ戻りつしながら、一週間近くだらだらと続いた。その間に梅雨が明けた。乾いて皮がむけたのがいつまで経っても治らない唇にリップグロスを塗り込めて、小夜子は久しぶりに外に出る。

表参道駅で降りたのは数えるほどしかない。それもずっと昔、バレエか何かを観に来たときと、同僚のレストラン・ウェディングに招かれたときだけで、ほとんど覚えてもいない。地下から適当に階段を上がるとそこは青山通りに面した出口だったが、どちらのほうへ進めばいいのか見当もつかない。

「あの」

歩いてきたスーツ姿の男性を小夜子は呼び止めた。

「〝プリンセス・ネージュ〟というお店をご存じありませんか」

「え。わかんないけど……何屋さん？」

「ブティックなんですけど」

あーごめん、俺そういうの全然だめだから、と男性は虫を払うような手つきをして離れていった。小夜子は男性が来たほうへ少し歩いた。

「〝プリンセス・ネージュ〟というブティックの場所はわかりませんか」

「それってゴスロリのお店？」

「あの……よくは知らないんです」

「ゴスロリ系ならあっちに一軒あったと思うけど、そういう名前じゃなかったわね。電話番号とか、近くに何があるかとか、わかりませんか」

「二十代の女性向けのブティックだと思うんです、そう高級ではない……」

　この蒸し暑いのに膝上までのハイヒールブーツを履いた女性も、最後には呆れたような顔をして立ち去った。

　小夜子は道の反対側に渡った。有名スーパーマーケットがあり、その横に細い道がある。きっとこっちだ、と考える。お昼はスーパーでデリを買う、という話をあの娘は得意そうにしていた。

　正午少し前だった。オーブンの中にいるように暑い。雨雲の邪魔がなくなった太陽は自分にだけ向かって照りつけているように感じられる。

　それでも小夜子は歩いた。きっとこっちだという確信があった。ここもまた近い。数日前の自分を易々《やすやす》と裏切って、そう考えている。

7

あーあー、と頷きながら小夜子のことを上から下まで眺め渡した青年が、「プリンセス・ネージュ」の場所を教えてくれた。ここまっすぐ行って、黄色い庇《ひさし》が見えるでしょ、あのちょうど裏。礼を言った小夜子が黄色い庇の店の前まで来てふと振り返ると、青年はさっきと同じ場所に立ち止まって携帯電話をかけていた。小夜子に気づき、右へ曲がれ、というふうに身振りする。まるで猫でも追い払うように。誰に電話をしているのだろう、まさか海斗に？　そんな思いが浮かんできて、そのことにぎょっとする。この世のすべてが海斗に関係あるように思える、そんな場所に自分はなぜいるのか。

いるべき場所にいない、という感覚は、けれども小夜子を無遠慮にも不躾《ぶしつけ》にもするようだった。白いドレスに白い靴がディスプレイされたウィンドウを両側に従えた白いドア、「princess・neige」と刺繍された名刺大の黒いレースを貼り付けたノブを、小夜子はためらわず回した。店内も白い服ばかりがふわふわしていて、結婚式、でなければ葬式を思わせた。花輪のひとつのような格好の店員がいらっしゃいませとも言わず、ぽかんとした顔で小夜子を見た。

「こんにちは」

トルソーに被せた白いチュールの帽子にちょっと触れてみながら小夜子は言った。

「唯さんは今日はお休み？」

「あ？　唯ちゃんの？」

ああ。えっと。ちょっとお待ちください。女店員は奇妙なほど慌てふためいて店の奥へ姿を消し、山田海斗の恋人は間もなく小夜子の前に姿を見せた。小夜子は笑顔になった。膨らんだスカート、コルセットふうのベルト、ちょうちん袖からむっちりとした二の腕を覗かせている娘の出で立ちがあまりにも滑稽だったから。この店の服はこの娘にはまるで似合わない——私がこの店にまるでそぐわないのと同じくらいに。そう思っていることが伝わるように笑顔を深くして、覚えてる？　と娘に聞いた。

「海斗の……」

娘は小夜子ではなく隣の女店員に言い訳するように呟き、そう、親海です、親海小夜子です、と小夜子は名乗った。

「でも……お店の場所とか、どうして？」

「海斗さんに聞いたのよ」

嘘を吐いているという意識もなく小夜子はするりと嘘を吐いた。

「海斗に？　え？　なんで？」

たぶん狼狽のあまり薄笑いを浮かべて問いかける娘のかわりに、隣の女店員があからさまに眉をひそめている。

「久しぶりに都会でお買い物がしたくなったから。あなたにいろいろ教えていただこうと思って。だってせっかくお友だちになれたんですもの」

薄笑いのまま言葉を失っている娘の横をすり抜けて、小夜子はもうひとつのトルソーに近づいた。かぎ針編みの白い花が帷子《かたびら》のように胴体を飾っているワンピースを興味深そうに眺める。いらっしゃいませ。間が抜けた声を女店員が発した。

女のどの部分にそそられるか、という話をしたとき、匂い、と光太郎は答えた。数日前、会社の男四人で飲んだときのことだ。それぞれ部署が違うが、社内報の編集を通じて親しくなった仲間で、いつも女を加えずに飲む。そのぶんあけすけにも感傷的にもなる。

「シャンプーとかコロンとか？」

尻、と答えた男が幾分ばかにしたように聞いた。いや、そういうんじゃなくてさ。光太郎は酔いでだるくなった舌をのろのろと動かして答えた。女そのものの匂いってことだよ。あとからつけた匂いじゃなくて、隠せない匂いのほう。

「雌の匂いってやつですか」

鼻の穴、と答えた男が言った。彼の経験からすれば唇よりも鼻の穴のほうが局部の形状に直結しているのだそうだ。生理中の女ってやっぱり匂うよな、ともうひとりが引き取った。この男が唇と回答していた。怒ったときに口をぱかっと開ける女がいるだろ、あれたまんなくないか？　とか何とか。

「違うよ、生理とかそういうんでもなくて、その女の本質みたいな匂いのことだよ」

笑い声が起きた。本質ときたか。文学的だなあ。それどんな匂いなんだよ？

「何て言ったらいいかな。ちょっと、腐った魚みたいな」

また笑い声。うえぇー、と誰かが子供じみた声を上げた。それってつまりそのもの、、、、の臭いだろ？　もうひとりが言い、笑い声が大きくなった。

「違うんだ、その匂いは、肌からも髪からも爪からもするんだよ」

「親海みたいな男を釣り上げるために体中に擦り込んでるんだろ」

「そうだったのかな」

座がしらけてきたのを感じて、光太郎はそこで席を立った。洗面所から戻ってくると、話題は取引先の女部長の悪口に変わっていた。

言わなかったしもちろん言うつもりもなかったが、あのとき思い浮かべていたのは小夜子のことだった。言い換えればそういう匂いは小夜子にしか感じたことはない。最初に就職した証券会社に、光太郎より三年遅れて入社した小夜子に目を留めたのは、その匂い故と言っていい。ふっと匂い、振り返るとそこに小夜子がいる、というふうだったのだ。

腐った魚みたいな、というのはまるきりの出任せだった。鼻の穴がどうとか喋った男同様に、そう言えば少し面白くなるかと思いついたまでのことだ。実際にはどう言っていいかわからない。もう思い出せない。まるで思い出せない、ということが光太郎を驚かせ、動揺させる。小夜子の匂いに、あんなに夢中だったのに。

それは欲望に直結していた。小夜子の匂いを感じるたびに、あまりにもセックスしたくなるので、もしも実際にこの娘を抱いたらそれきり関心を失ってしまうのではないか、と思えたほどだった。その予想は間違っていて、中毒さながらに小夜子とのセックスに溺れるようになったわけだが。小夜子は処女だったが、男を知るとその匂いが微妙に変わった。煮詰めたような焦がしたような、そんな風味をつけたのが自分であるという事実に光太郎は有頂天になり、同時にそんな特殊な匂いを発したらふたりの関係はもちろん、光太郎のアパートで飽かずしていることの詳細まで、周囲の人間に文字どおり嗅ぎつけられてしまうのではないかと不安になったものだった。あれほどに自分の気持ちをそぞろにした匂いがどんなものだったか、さっぱりわからなくなってしまったとは。

腐った魚か。その言葉を口にしたときには実際何の根拠もイメージもなかったはずだが、もしかしたらそれに近い匂いだったのかもしれない。光太郎はふっとそう思ったが、そのとき彼は自宅にいて、ベッドの上に広げられた白いドレスを見下ろしていた。学芸会で妖精の役を充てられた子供が着るようなドレス。だがサイズからすれば紛れもなく大人用だろう。夕食に間に合う時間に帰宅し、二階に着替えに上がったら、これがあった。

ドレスは強く匂った。もちろん腐った魚の臭いではなく、果物のような花のような香り。香水でも振りかけてあるのか。最近かんなが浴びるほどつけている香りのほうがまだましだと思えるほど濃い。ドレスの裾がベッドから床へ垂れ下がっていて、光太郎は決してそれを踏まないように、自分の体が爪の先程もそれに触れないように大回りしてクローゼットへ向かった。

階下には夕食の匂いが漂っていたがそこにドレスの匂いも混ざっているようで、光太郎は胸が悪くなった。オーブンの窓を覗き込み肉の焼け具合をたしかめているらしい妻のうしろ姿をしばらくの間眺めてから、意を決し「あれは何だ？」と聞いた。

「んー？」

と小夜子は振り向かずに鼻歌のような声を返したが、そんな様子はどこかわざとらしかった。ベッドの上に置いてあるあのドレス、と光太郎は、妻が決して聞き間違えるふりができないように、一語一語区切って明瞭に発音した。あらごめんなさい。置きっぱなしだったのね。小夜子は振り向いて言った。

シンクの上の、切った野菜を入れたざるを小夜子は手に取る。話はもう終わりというつもりか。そのほうがいいのではないか、俺が言い募るせいでどうということもない事柄が大事《おおごと》になってしまうかもしれないのだ。光太郎はそう思いながら、あれ、何なの？　とさっきよりも少し大きな声で言葉を継いだ。

「買ったのよ」

という答えがある。待っていたがその先がないので、「なんで」と光太郎は聞く。

「知り合いのお店に行ったら、勧められて、断れなくて」

ざるを上下に振りながら歌のように小夜子は言う。

「しかし、あれは……」

おかしいだろう、という言葉を光太郎は飲み込む。おかしくはないのかもしれない。おかしいと思う俺が間違っているのかもしれない、というばかげた考えが風船のように膨らんできて喋りにくくなる。――と、

「おかしいのはわかってるわ」

と小夜子が言った。

「断れなかったのよ、かんなに聞いてみるわ、着るかどうか。いらないってあの子が言ったら、捨てるわ」

それもおかしい、と思いながら光太郎は機械的に頷く。まるで捨てるために買ったようなものじゃないか。

「あっ」

と小夜子が小さく叫ぶ。ざるの中の野菜がシンクにぶちまけられているのを光太郎は呆然と見た。

ドレスの代金は十三万三千六百円だった。

ばかげている、と小夜子は思う。あんな気がくるったような、十代二十代の娘でさえ、あの店の中以外どこにも着ていけるはずがないようなドレスが、十三万いくらもするなんて。

だが、買った。もちろんそんな大金の持ち合わせはなかったから、カードで。請求書が届いたときに光太郎から叱られるだろうが、仕方がない。そのときはそのとき。だいたい「そのとき」がやがて来るということがうまく信じられない。今このときと格闘することだけで精いっぱいで、先のことなど考えられない。

買ったのは、買う、と決めていたからだった。いつ決めたのか――あの店を見つけたときか、あの娘があらわれたときか、トルソーに着せてあったドレスを店員から受け取って、鏡の前であててみたときだったろうか。試着室へは入らなかった。ただドレスを自分の顔の下にあてて、少しの間眺め、これを買います、と言った。鏡の中に、あの娘ともうひとりの女店員が目を見交わしているのが映った。「十三万三千六百円なんですけど」とあの娘は公衆道徳でも教えるような顔で言った。ですけど、何？小夜子はそう思ったけれど口には出さなかった。それは品がないことだから。ただ「それじゃ包んでくださいね」と言ってドレスを渡した。あの娘に。

あれは何だ？　と夫は言った。予想どおりの言葉であったにもかかわらず、思い返すたび小夜子はくすくす笑い出しそうになる。まったく、光太郎の言うとおりだと。あれは何だ？　私だって答えが知りたい。知りたいから、あれをベッドの上に投げ出しておいたのに。

今ドレスは、雑に畳んであの店の紙袋に再び押し込まれ、クローゼットの隅に収まっている。かんなに見せる気は最初からなかったし、光太郎もそのことはわかっていたのだろう。食事のときに話題に出すこともなかったから。かんなが着ないなら捨てる、と言ったのも嘘だ。捨てたりはしない。あれはずっとくしゃくしゃになったまま、クローゼットの奥に匿《かくま》われているだろう。

今頃はあの娘が、海斗に今日のことを報告しているだろう。携帯電話で。聞いてよ海斗、あのおばさんが店に来たんだよ、ほんとよ、それでどうしたと思う？　あの娘はもう——この前海斗の部屋でそうだったように——意地の悪い子供のように目をきらきらさせてもいないだろうし、薄笑いを浮かべてもいないだろう。低く声を潜めて、でなければヒステリックに、海斗に訴えるだろう。その声、それに答える海斗の声が、あのドレスのことを思うたびに襞《ひだ》の間からじゅくじゅく滴る水のように聞こえてくる。

いや違う、あれは階段を上がってくる光太郎の足音だ。小夜子が寝室へ上がるときにはまだテレビを観ていて、風呂に入ってから寝ると言っていた。

小夜子は夏掛け布団の中に深く顔を埋めた。ずいぶん時間が経っているから、私はもう眠っていると夫は思っているだろう。それとも、そうは思っていないだろうか？　ドアが開く音がして、弾みのように、小夜子は顔を上げてしまった。

「あ」

0・5ミリ　安藤桃子

死を見つめることで「生」が見えてくる

介護ヘルパーのサワはあることがきっかけで職を失う。住み慣れた街を離れた彼女は見知らぬ土地で見つけた老人の弱みにつけこみ、おしかけヘルパーを始めるのだが……。生きる希望がわく感動ヒューマン小説。

650円

だれかの木琴　井上荒野

彼女はどこで狂気に堕ちたのか――。

自分でも理解できない感情に突き動かされ、平凡な主婦・小夜子は若い美容師に執着する。やがて彼女のグロテスクな行為は家族も巻き込んでいく……。息苦しいまでに痛切な長篇小説。

580円

独女日記2　愛犬はなとのささやかな日々　藤堂志津子

もしかして、これが〝しあわせ〟の正体？

散歩嫌いの愛犬〈はな〉を抱き、今日も公園へ。犬ママ友とのおしゃべり、芝生を抜ける微風に、大事な記憶……。自身の終末問題はあっても、年を重ねる日々は明るい。大好評エッセイ。

580円

やわらかな棘　朝比奈あすか

女って面倒くさい。生きるって面倒くさい。だからみんな、一生懸命。

600円

パリごはん deux　雨宮塔子

食卓からパリの暮らしを綴る、美味しく幸福な日記エッセイ。

580円

正直な肉体　生方澪　書き下ろし

快楽の壺をこじ開けられるママ友たち。

580円

試着室で思い出したら、本気の恋だと思う。　尾形真理子

自分を忘れるくらい誰かを好きになる5つの成長物語。

580円

帝都東京華族少女　永井紗耶子　書き下ろし

美人だが気の強い令嬢VS.頭脳明晰でクールな書生。新コンビ誕生！

690円

ぐるぐる七福神　中島たい子

恋に仕事に人生に、ぐるぐる悩み中のあなたへ

恋人なし、趣味なしの32歳ののぞみは、ひょんなことから七福神巡りを始める。恵比須、毘沙門天、大黒天と訪れるうちに、彼女の周りに変化が起き始める。読むだけでご利益がある縁起物小説。

540円

まぐだら屋のマリア　原田マハ

人生の終わりの地でやり直す勇気を得る。

老舗料亭で修業をしていた紫紋は、ある事件をきっかけに逃げ出し、人生の終わりの地を求めて彷徨う。だが過去に傷がある優しい人々、心が喜ぶ料理に癒され、どん底から生き直す勇気を得る。

690円

密やかな口づけ　吉川トリコ／朝比奈あすか／南 綾子／中島桃果子／遠野りりこ／宮木あや子

娼館に売り飛ばされ調教された少女。SMの世界に足を踏み入れてしまった地味なOL。生徒と関係を持ってしまうピアノ講師。様々な形の愛が描かれた気鋭女性作家による官能アンソロジー。

オリジナル

580円

魔女と金魚　中島桃果子

焦りを勇気に変えて生きる繭子の成長小説。

580円

女おとな旅ノート　堀川波

ママだって時に国外脱出したい！　旅のトキメキとノウハウ満載。

600円

キリコはお金持ちになりたいの　松村比呂美

書き下ろし

ろくでなしの男なんて、死ねばいい――欲望炸裂の震慄ミステリ。

600円

クラーク巴里探偵録　三木笙子

書き下ろし

明治時代のパリに、警察よりも頼られた男たちがいた。

690円

オンナ　LiLy

親友にすら話せない、痛すぎる自分。

580円

光太郎は小さな不安定な声を発したが、さほど驚いてはいないようだった。小夜子は気づいた――今夜セックスしようかどうしようか――正確には、今夜セックスしたほうがいいかどうか、夫が迷っていることに。

　そして光太郎は、することに決めたらしかった。窓辺へ行ってカーテンの合わせ目をあらためて閉じ、パジャマには着替えずにボクサーショーツとTシャツという格好でベッドの中に入ってきた。小さい子供を抱くように小夜子を胸元に引き寄せ、額にキスをした。

　光太郎の手や唇は、小夜子が知っているとおりに動き出した。違和感を覚えたのは、光太郎の手が小夜子の手を取って自分の性器へ誘導したときだった。それはいつもとは違うタイミングだったし、そこはまだ柔らかかった。柔らかいものに触れさせられるのははじめてだったし、掌で押し包んで愛撫を加えてもなお、それはいつまでも縮こまったままだった。

　いつの間にかＭＩＮＴの外装が変わっていて、ガラスの壁の中を水が流れ落ちるような仕組みになっていた。まるで滝の向こうのように店内は人影が数えられる程度しか見えない。もしや海斗が策を巡らせたのだろうかというような考えがまた浮かんですぐ消える。どのみち中が見えようが見えまいがかまわない、今日は店に入るつもりで来たのだから。

「いらっしゃいませ……オヤミさま」

店長であるらしい男が曖昧な笑顔で出迎えた。正確な名前を覚えられるほどの客にはまだなっていないらしい、と小夜子は思う。どのような意味にしても。

「あの、今日は……?」

「カラーリングをお願いしたいの」

「生憎《あいにく》今日は担当の山田はお休みをいただいておりますが……」

「ええ、知っています。ここまで来てからそのことを思い出したの。山田さんには申し訳ないんだけど、どなたか手が空いてる方に、今お願いできないかしら」

五分ほどソファで待ってから鏡の前に案内されると、やってきたのは先程の店長だった。不肖わたくしイコタが務めさせていただきます。豆腐みたいな感じの男。ただし顔色はくすんでいる。黒い豆腐。小夜子がクスリと笑うと、イコタも嬉しそうにニッコリした。

「イコタってめずらしいお名前ね」

「よくイタコと間違えられるんですよ」

　この男ではなく海斗でなければならない理由は何だろう、と小夜子は考える。たとえばはじめてこの店を訪れた日、ちょっとしたタイミングの違いで海斗ではなくこの男が私の担当になったのだったら、そうしてこの男が私の携帯にメールを寄こしたとしたら、私はやっぱりこの男のことを始終考えるようになったのだろうか？　この男は海斗よりもずっと年上で、美容師というより不動産屋とか金融屋だと言われたほうが頷けるような風采だけれど、私にとって外見上の印象はきっと重要ではないのだ。外見上だけではない、どんな人間であるかということさえ、私はたぶんどうでもいいのだ。この男ではなく海斗である理由は、偶然。ただそれだけだ――。

　イコタが持ってきたカラーサンプルの中から、小夜子は赤みがかったブラウンを選んだ。こちら、角度によっては深い紫にも見えるお色です。すごくお洒落な、言っちゃえばとんがったお色ですよ。だからやめておけというふうにも聞こえたけれど小夜子は気にしなかった。小夜子が何も言わないのでイコタはちょっと気まずそうに微笑んでから、「カットのほうも少し変えてみますか？」と聞いた。

「ええ、お願いします」

イコタが張り切ってあれこれとプランを述べるのを、小夜子はほとんど聞いていなかった。

「山田さん、気を悪くしないかしら」

え、とイコタは間が抜けた顔になる。

「お休みの日に来て、カラーだけのつもりだったのに、スタイルまで変えてしまって」

ああ！　全然オッケーですよ！　とイコタは歯をむき出して笑う。

「お客様により素敵になっていただくのがスタッフ全員の願いですから」

ピンチヒッターの責任重大ですけどね、とイコタは続ける。きっとそこまでが一続きの決まり科白なのだろう。

「山田さんのガールフレンドって可愛らしいかたよね」

「え？」

「会ったことない？　私、この前、彼女のお店に行ったのよ」

「山田のガールフレンドの……ですか。いや、知らないなあ。お店って？」

「プリンセス・ネージュっていうお店、ご存じない？　青山にあるブティック」

はー、という声をイコタは出す。プリンセス・ネージュも山田海斗の恋人のことも、何ひとつ聞いたことがないのだろう。

この男にだけ明かしていないのか。わからない。わからないけれど、もしそうだとすれば、明かしていない理由があるのだろう。それなら今ここで私がイコタに、あの娘のことを話す理由もある、と小夜子は思う。だって私は知っているんだもの。この男だって知るべきだ。

まるで筋道のない理屈を組み立てている意識の裏側で、そうすれば海斗はきっと困るだろう、海斗を追い詰めることができるだろう、と考えている小夜子がいる。なぜ追い詰めたいのか、それは自分が追い詰められているからだ、追い詰められないためには追い詰めるしかないからだ。

檻《おり》に入れられたネズミのようにキイキイとうるさく言い立てているその小夜子は、山田海斗を憎んでいた。なぜ憎むの。ほんの偶然でかかわった、憎むほどの何ものをも持っていない青年なのに。たしなめる呟きは弱々しくて、キイキイ声にかき消されてしまう。

大通り沿いではなかった、という記憶だけを頼りに、ディスカウントストアの横を曲がると、あらわれた景色は自分でもぎょっとするほどに見覚えのあるものだった。そうだ、ここだった。黄色いエプロンを着けた豚がグロテスクに微笑む看板の下の、油染みたガラスのドアを開けて、光太郎はその店に入った。午後九時少し前という時間は早すぎるのか遅すぎるのか、カウンターに常連客がぽつぽつといるだけで、四つあるテーブル席はがらんとしている。

「イラッシャーイマセー」

何となくわざとらしい外国人訛りで迎えた女に、どこに座りたいかと目顔で聞かれ光太郎はテーブル席に着いた。生ビール、それに「ホルモン」と注文すればいいということも覚えていた。テーブルの中央に組み込まれたコンロの上に、生のにんにくをぎっしりと詰め込んだ牛の大腸が間もなくごろりと置かれ、たちまちもうもうと立ちのぼる煙に目を細めながら、この前ここに来てから何年が経ったのだろうと光太郎は考えた。

まだ結婚はしていなかったから二十八、九の頃。とすれば十七、八年前だ。まだ前の会社にいた。取引先を接待し、西新宿の高層ホテル内の展望レストランで食事をしたあと、こちらのほうへ流れてきて、客二人と上司二人はソープランドへ行った。「突撃隊」のメンバーに、もちろん光太郎も数えられていたのだ。だが、個室へ入る順番が最後になったから、ほかの男たちに知られずに抜け出すことができた。規定の時間が経った頃に戻ってきて五人分の支払いをするからと受付けの男に言い置いて、繁華街にさまよい出た。妄想に違いなかったが今にもうしろから誰かが襟首をむんずと摑んで、女と寝るまでは勘弁しないぞと酒臭い息で囁きそうで、目についた最初の店に逃げ込んだのだった。

女がやってきて巨大な男根のような大腸をトングで転がし、満遍なく焼き目がつくようにする。前回は何も注文した覚えはないのに同様の光景が出現し、これは何だと聞いたら「これがホルモンだよ」という答えが返ってきたのだった。ようするにこの店はホルモン専門店で、牛の大腸を特化してホルモンと呼んでいるらしかった。大腸の内壁には白い脂肪の層があり、焼けるにつれぷつぷつと火ぶくれができ透明な脂が滴り落ちる。

とうてい無理だ、とあのときは思っていた。満腹の腹の中にこの上これを収めるのも、見も知らぬ女を金で買って抱くのも。牛の大腸はともかくソープランドの女を抱くことに関しては、嫌悪感というよりももっとよそよそしい、いっそ機械的な拒絶反応があった。そういう場所の女を抱きたくない、というのではなく、小夜子以外の女と交わる必要を欠片も感じなかった。

光太郎はビールを呷《あお》る。店の女が鋏を使って輪切りにした腸を、二切れ食べたところで胸がつかえてきた。脂とにんにくで口の中がねとねとする。どうしたわけだと光太郎は焦る。今日は空腹のままここまで来たし、十七、八年前のあのときは、食べられないと思いながらも口にしてみたら意外なうまさに促され、残さず平らげてしまったのに。

悪い、約束があったのを忘れていた。ぜったいに信じてもらえぬだろう言い訳をし、そそくさと代金を払って、逃げるように店を出た。景気をつけるはずだったのが逆に萎《しお》れたな。自嘲気味にそう考えたが、しかしそもそも、目的の行動に取りかかるときを少しでも引き延ばすために今の店に寄ったのかもしれなかった。

「鰯《いわし》の頭も信心から、って言うだろ」

「鰯ほどもないよ。ちりめんじゃこだよ」

「それにしたってさ」

「とにかく実体ってものがないんだから」

通りすがりに耳に入った会話のテーマは案外真面目なものなのか。振り返るが話し手たちの姿はもう見えない。いったん大通りに出てから、べつの小路へと光太郎は踏み入る。色とりどりに瞬く看板のほとんどは風俗店のものだ。各店の前に立つ客引きの男たちが、黒い鳥の群れのようにいっせいに光太郎を見た。

光太郎は背広のポケットに手を突っ込み俯いたまま、うっかり間違った道に入ってしまったとばかりに足早に歩いた。それこそ誰かが襟首を掴まんばかりに、今なら五千円ポッキリですよとかいう類の声を浴びせてくれれば従う用意はあったのに、なぜか客引きたちはこちらに関心を示さなかった。結局こういうことになるのか。失望と安堵が入り交じった気持ちで再び大通りへ出ようとしたとき、道を塞ぐようにあらわれた女が、「ねえどっか行かない?」といきなり光太郎の腕を取った。

浅黒い肌の、白いワンピースを着た女だった。手足が植物の蔓《つる》のように長い。女の服は、この前とうとうできなかった夜、ベッドの上に投げ出してあったドレスとちょっと似ている。あれはこんなに裾が短くはなかったが。

そしてこの女は小夜子にちょっと似ている、と光太郎は思った。これほど肌が黒くなければ。腕を摑んでいる女の手の上に光太郎は自分の手をそっと重ねた。かつて妻にそうしたように。

「よし、どっかへ行こう」

そして試さなければならない。妻以外の女でもだめなのかどうか。そうするのは自分のためであると同時に小夜子のためであるという考えを、光太郎は疑ってもいなかった。

8

ゴミ。

と海斗は考えている。

それは目の前の男のことのようでもあるが、実質的には今朝出したゴミのことだ。黒いビニール袋に入れて集積所に置いてきた。今朝と言っても真夜中のことで、まだほかにゴミは出ていなかった。カラスよけのネットもまだ備えつけられていなかった。

「ていうか、もっと早く言ってくれよ、そういうことは」

ずっと黙っていた伊古田が口を開いた。いかにも熟考していたふうだが、そのじつ有用なことは何も考えていなくて、ただもったいつけているだけなのだろう、と海斗は思う。MINTの営業時間はもう終わり、アシスタントたちも帰ったあと、ふたりは並んだシャンプー台に向かい合って座っている。奇妙な風景に違いないが、間違っても客の耳には入れたくない話だからと、海斗が店内を希望したのだ。

「個人プレーもいいけど、尻拭いだけこっちに持ってこられてもな」

ゴミ集積所は駅へ行くのとは逆方向の場所にあるから、今朝は見てこなかった。海斗の住まいのほうは収集車が回ってくるのが遅いから、出勤時間にはまだゴミはそのままだっただろう。ちゃんと自分が捨てたとおりのままにそこにあるか、たしかめなければと思ったが、もう見たくもないという気持ちのほうが大きかった。

夜中に出したのはまずかったんじゃないか、と海斗は考える。生ゴミではないからカラスに暴かれることはないだろうが、猫、でなければ人に何かされたかもしれない。そうだ、いちばんやりそうなのは人だ。明け方にあの辺りを通りかかった酔っぱらいとか変質者とか。そういうやつらにはああいうゴミを嗅ぎつける鼻があるんじゃないか。

「そうじゃない？」

こちらには考える間は与えないというわけか、伊古田は顔を覗き込んできた。尻拭いしてもらうつもりはありませんよ。海斗は強い声を出す。頭の中の映像を吹き払うように。

「ただ報告しておいたほうがいいと思ったんです。店に迷惑をかけるかもしれないから」

「迷惑、かかるよ。もうかかってるよ。いつかの無言電話も親海さんだったんだろ？」

「そうとは決まってないと思いますけど」

「決まってるだろ」

伊古田の反応は予想通りで、だから海斗の受け答えも機械的なものになり、頭の中にゴミがまた戻ってくる。黒い人影が黒いビニール袋に抱きついて、上ずった興奮の声を洩らしながら、それを引きちぎり中身を取り出そうとする。臓物のように、闇の中に白々と輝きながら、あのドレスがあふれ出てくる様が、ありありと浮かび上がった。

ドレスは昨夜、アパートの部屋の前に脱ぎ捨ててあったのだった。状況からして脱ぎ捨てたという表現は正しくないのだろうが、そう言うしかないような異様さがあった。

午前零時少し前、「ふくろう」でひとりで小一時間飲んでから部屋に戻ってきたときだった。最初、誰かがそこに立っているのかと思った。ぎょっとして思わず背中を向けて駆け出しそうになった一瞬後、人間はいない、ドレスだけだとわかった。わかっても脂汗が流れるような心地は回復しなかった。ドレスはドアに吊してあった。ドアに嵌めてあるガラスの縁に襟元を無理やり押し込めることで固定していた。どこかしこも真っ白な、レースや花の飾りがいっぱいついた手の込んだドレスなのに、固定するために襟元は破かれ、埃で薄黒くなっていた。

そのドレスを海斗は知っていた。唯の店のドレスだ。あの店ではこういう種類の服を売っているということを知っていたし、この前親海小夜子がやってきて、ドレスを一着買って帰ったということも知っていた。

「ふくろう」にいるとき、そのことを唯と話していた。携帯に唯から電話がかかってきたのだ。日中、メールが来ていたのだが返事をせずにいたら、電話してきた。怒っていた。メールの返事を寄こさないこと、それに海斗が警察に相談に行かないことで。立派なストーカーだよ、あの女ぜったいまたあたしの店に来るよ、殺されちゃうかもしれないよ？　海斗もあたしも。

大げさすぎる、と海斗は言った。マスターの耳を気にしながら喋ったから、言葉数は少なく、ぞんざいになった。海斗自身も怒っていたせいだったのかもしれない。親海小夜子を部屋に招き入れて、自分の仕事のこととかをぺらぺら喋ったのはおまえだろう、と言いたいのをがまんしていた。警察、警察としつこく言い募るのにのらくら受け答えしているうちに、親海小夜子のことは全部唯のせいであるような気さえしてきた。その気分はたぶん伝わってしまっただろう。険悪な雰囲気になって電話を切った。

海斗はドアからドレスをむしり取ると、地面にうち捨てたまま部屋の中に入った。

ドレスを吊していった親海小夜子がまだアパートの近くにいて、今にもドアを叩くのではないかと、しばらくの間びくびくしていた。それから勇気を振り絞って――相手は男でも大女でもない、ちっぽけな中年女に過ぎないのだからと、何十回と自分に言い聞かせて――立ち上がると、ゴミ袋とガムテープを持って外に出た。ドレスを丸めて袋に突っ込み、厳重に封をしてから集積所へ捨てに行ったのだ。

あのドレス。

「メールしつこく寄越して用もないのに店覗きに来て山田の行く先々にあらわれて、玄関の前に手紙置いてったりするんなら、無言電話も彼女だろうよ。営業努力は大事だけど、がっつきすぎればそれなりの結果になるんだよ。個人的なことまでぺらぺら喋り散らかすから誤解されるんだよ。とにかくもうメールはするな。来ても返信するな。あくまで美容師としてふるまえ」

ドレスのことは伊古田には言わなかった。言えば、唯が親海小夜子を家に上げたことまで明かすことになりかねないし、目の当《ま》たりにしなければあのドレスの感触は伝わらないだろうと思えたからだ。あの不快さこそが、親海小夜子のことを伊古田に打ち明ける決心をさせたのだったが。

「担当、変えてもらえますか」

「それが尻拭いだっていうんだよ。そんなことしたらあの女どうなるかわかんねえぞ。キレて大声で喚き出すかもしれない。営業中にそれやられたらたまんねえよ。担当は変えない。自分で撒いた種なんだから自分で刈り取れ。毅然と応対してわからせるしかないだろ。まあ君にとっちゃ、それがいちばん難しいのかもしれないけどな」

「わかりました」

海斗は頷いた。わかったのは、伊古田に話したところで、状況は何も変わらない、ということだった。ほぼ予想通りのことだった。このうえは一刻も早くこの場を立ち去りたかった。あのゴミが消え失せたかどうかたしかめに行くために。

ゴミ。

光太郎もまた、そのことを考えていた。

正確に言えば、ゴミを出しに行ったときの妻のことを。

夜十時過ぎだった。光太郎は風呂から上がり洗面所にいたが、ドアをノックして小夜子が顔を見せた。

「あなた」

光太郎は妻の用件を聞くためにドライヤーのスイッチを切った。

「ゴミを捨てに行ってくるわ」

そんなことをどうしてわざわざ言いに来るのだろう？　光太郎は思ったがそれを口に出すより早く「うん」と頷いてしまった。機械的な反応がこの頃なぜか癖になっている。

小夜子はドアを閉めて出ていった。光太郎はドライヤーをかけることに戻った。洗面所を出るとキッチンへ行ったが、妻の姿はなかった。ゴミ集積所へ行って帰ってくるのに三分とはかからないはずだ。さっき言いに来たあとすぐ出たわけではないのだろうか。そう思いながら、冷蔵庫から冷たい麦茶を取り出し、キッチンの椅子に掛けて飲んだ。小夜子は勝手口から出たはずだから、間もなくあのドアが開くだろう。だが麦茶を飲み干し、さらにしばらく経ってもドアは開かなかった。光太郎は二階へ上がった。

寝室にも、かんなの部屋にもいないということをたしかめてから、光太郎はパジャマのズボンをチノパンに穿き替えTシャツを着て、勝手口から外に出た。集積所に向かって歩き出したところで、一足しかないこのつっかけを今自分が履いているということは、小夜子は勝手口から出たわけではないのだ、ということに気がついた。妻は玄関から出ていったのだ——つっかけよりもきちんとした靴を履いて。ならばゴミ集積所にはいないだろう、というごく自然に浮かんできた考えに蓋をするようにして、光太郎はそこまで行った。やはり小夜子の姿はなかった。

その上ゴミも。ゴミ袋がひとつも置かれていない集積所を、奇妙な風景を見るように見下ろしながら、そうかゴミネットがまだないんだ、と光太郎はぼんやりと考えた。明日は生ゴミを出す日で、生ゴミにはカラスよけのネットを掛ける、ネットは当番が朝セットすることになっているから、夜のうちにゴミを出すのは禁じられているのだ、と。

小夜子はそういうルールを軽視するような女ではないし、そもそもこれまで、ゴミを夜のうちに出すことなどあっただろうか？　「捨てに行ってくるわ」と言ったのは生ゴミではなかったということか。だが、とにかくここには何も捨てられていない。

光太郎は家へ取って返し、入れ替わりに家に帰っているかもしれない妻をもう一度捜し、家の中のどこにもいないとわかると、自分の携帯電話を取り出して妻の携帯にかけた。呼び出し音が階下から聞こえてきた。小夜子の携帯電話は、居間のテーブルの上に置いてあったのだ。しばらくの間光太郎は電話を切ることを思いつかずに、テーブルの上で震えながら「エリーゼのために」を奏で続ける機械を見下ろしていた。それから電話を切り、静まり返った妻の電話をさらに眺めた。

光太郎はそれを手に取った。するのがいやでたまらないのにしなければならない、という気持ちがあまりにも強すぎるために、疚しさは露ほども感じぬまま、発着信の履歴を調べた。

ＭＩＮＴ　ＭＩＮＴ　ＭＩＮＴ　ＭＩＮＴ　ＭＩＮＴ　ＭＩＮＴ　ＭＩＮＴ。何かを探るとか、推測するとかより先に、異様な光景があらわれた。発信の履歴だ。一日に数回ずつ、だが毎日で、ほかに発信している相手先がないから、その名称だけがずらりと並び模様のように見えた。

ＭＩＮＴというのは小夜子とかんなが通っている美容院だ。いつか電話がかかってきたことがあった。その情報が瞬時に思い浮かび、そのことにたじろいだ。まるでいつでも取り出せるように、俺の頭の中に用意されていたみたいじゃないか。美容院に毎日数回ずつ電話をかける理由というのは何だろう。髪型が気に入らなくてクレームでもつけているのか。そうじゃない、そういうことではないだろうというもうひとりの自分の声が、心臓の鼓動に重なった。

光太郎はさらにしばらく小夜子の携帯電話を調べていた。着信履歴のほうにはMINTからのものはひとつもない。光太郎かかんなからのものばかりだ。メールはどうかといえば、家族間で送受信することはほとんどないから、メールボックスに残っているのはある特定の相手とのやりとりだけで、それはMINTのKAITO．Yという男だった。あきらかな営業メール、それに対する小夜子の返信、KAITO．Yからの短い返信、また小夜子からの返信。数がそうあるわけではなく、内容もどうということのないものだ。ただ、小夜子が寝室の写真を添付して送っていることや、最後の通信が小夜子からのメールでぷつりと終わっていることなどに微かな違和感を覚えた。微かなのか？　光太郎は自問し、するとその答えのように、この前電話をかけてきたのがKAITO．Yなのだ、という確信が浮かんだ。

ふいにそれが発熱したとでもいうように小夜子の携帯電話をテーブルに投げ出して、光太郎は再び家を出た。玄関から、ちゃんとした靴を履いて。まず向かったのはMINTだった。そこにいると思ったからではなく、ほかにあてはなかったからだ。ドアにCLOSEDの札を吊した店内はまだ明るかったが、中で動きまわっているのはスタッフと思われる姿ばかりだった。

ドアを叩いてみろ、と光太郎の中で声が言った。ドアを開けて、親海小夜子がここに来なかったかと聞いてみろ。KAITO．Yに、うちの妻のことで何か知っているかどうか聞いてみろ。だが光太郎はそうせず、店の前を通り過ぎて駅へ向かった。線路の柵越しにホームを見上げ、タクシー乗り場をたしかめ、駅前広場にたむろしている幾つかのグループを覗き込んだ。ここじゃない、ここじゃない、こんなところにはいない、という心の声に耳を塞ぎながら。

家の前を通り過ぎ、もう一度ゴミ集積所の方向まで行ってから、家へ戻ろうとしたときだった。足音が聞こえた。そのときのことを光太郎はよく覚えていない。どうしてあんな行動を取ったのか。それは些細なことのようで取り返しのつかないことだった。つまり、足音は小夜子のものであるということがなぜか瞬時に確信されたのに、その場で妻を待たなかった。急いで家の中へ入った。駆け戻る足音やドアを閉める音をたてないように心を砕きさえして。そしてキッチンの椅子に掛けて、待った。間もなくドアが開く音がした。

光太郎は立ち上がり玄関まで行った。小夜子はドアに施錠しながら薄く微笑んだ。どうしたの？ というように。

「遅いから心配したよ」

光太郎は言った。

「ごめんなさい。涼しい夜だったから、近くをひとまわりしてたの」

と小夜子は答えた。

やりとりはそれだけだった。うん、と頷いて光太郎はその場を離れた。そうしかできなかった。小夜子を捜しに行ったことを隠してしまったから。

「今日は暑くなりそうね」

小夜子が言う。今はもう朝だ。かんなはもう夏休みに入っているが、体操部の早朝練習だとかで学期中よりも早く家を出ている。

「蒸さないぶん楽だよ」

光太郎はそう答える。頭の中を占めているのはゴミを出しに行った小夜子のことだが、それを口に出すことはできない。

口に出せないことは苛立たしく、また恐ろしくもあるから、光太郎は急いでべつのことを考えた。たとえばこの前女を買ったときのことを。あっという間にかたくなった光太郎のものを無雑作に掴んで自分の脚の間に導いた女のこと、その女の落ちくぼんだ眼窩《がんか》の中の、黒々とした瞳。

あの瞳はあの女のもうひとつのあそこみたいだった、ぬるぬるした暗いトンネルみたいだった。光太郎はそう思い、するとそのトンネルは小夜子がゴミを捨てに行った日、小夜子を捜して歩いた夜の道に繋がるようだが、光太郎はそこから出ていくことができない。ただぐるぐる歩き続けることしかできない。


たまにはこっちきてよ。

電話の向こうで唯は言った。苛立った声。いつもあたしがそっち行くばっかりじゃん。あたしだって疲れてるんだよ。うちの近くで食べて、うち来ればいいじゃん。

いいけど、と海斗が答えると、いやならいいよ、という尖った声が返ってきて、げんなりした。唯の部屋へ行くことを確定するまでに、あと二、三回この調子で応酬しなければならないということがどうにも耐え難くなり、「じゃ、悪いけどまた今度な」と海斗は言ってしまった。唯が黙った。唯の部屋で会うことだけでなく、今日会うこと自体が流れようとしている。俺が言い直さなければならないのだ、いつもみたいにこっち来いよと、ちょっとふざけて、エロオヤジみたいな口調で言うべきなのだ、そう思いながら、今日はちょっと行くところもあるし、という言葉が海斗の口から出た。

「行くところってどこ」

「どこっていうか、俺だって休みの日にはいろいろしなきゃいけないこと溜まってるしさ」

また沈黙。こういうのもいやなんだ、と海斗は思う。唯はただ黙ればよくて、いつでも俺が修正を迫られる。

「じゃあな」

苛立ちにまかせて電話を切った直後に、後悔はびっくりするほどの勢いで込み上げてきたが、電話をかけ直すこともうできなかった。罠《わな》に捕らわれたような気分で、今、海斗は原宿にいる。

午後一時、竹下通りの雑踏を抜けて、キラー通りに出る。Mのスタジオがあるマンションが通り沿いにあったから、かつてはよくこの辺りをうろついていた。人通りが少なくなったぶん、太陽は自分だけをめがけて照りつけてくるようだ。

「あのーすみません」

間延びした声に振り向くと、十代とおぼしき少女のふたり連れが、互いに相手の陰に隠れるようにしながら立っていた。

「あのー〝ビーアンドビー〟っていうお店に行きたいんですけどぉ」

「ビーアンドビー。聞いたことないな」

「みっちゃん、ちゃんと〝ブラッドアンドブロンド〟って言わなきゃわかんないよ」

もうひとりの少女が口を添えたが、そう聞いても海斗にはわからなかった。少女たちはどちらも、子供の玩具じみたカラフルな服を着ている。オレンジ色のタンクトップ、ピンクのミニスカート、グリーンのニーハイソックス。

「ごめん。あんまり詳しくないんだ」

「あっそうですよね。原宿は若い子の町ですもんね」

「みっちゃんてば」

少女たちが立ち去った瞬間に、海斗は落ち着かなくなった。どうして俺はこんなところに来たのか。少女たちに追いついてしまうことを避けて、来た道を戻りながら、一方ではつい昨日もここにいたような気がした。昨日も、一昨日も。スクラップを捨てたあとも、自分はじつはずっとMの「ストーカー」として彼の行く先々に通い詰めていたかのような、意味のわからない感覚が襲ってきた。

日盛りの下、体育館の中だけがくっきりと暗かった。

レオタードを着た女子部員たちはなぜか奥の隅に集まっていて、群生する白い花のように見えた。その中にかんなもいた。

早朝に出かけていって今はもう十時前だから、体操部の練習はもう終盤なのだろう。あるいは夏休みの「朝練」というものは、こんなふうにぺちゃくちゃ喋るだけの――ただレオタードを着るためだけの――時間なのかもしれない。洗濯をして絞ると片手の掌に収まってしまうほどのちっぽけな白い布きれは、今は娘たちの体のかたちに広がって生き生きと呼吸している。

体育館の片側には男子部員たちがいて、鞍馬《あんば》やマットレスを片付けている。女子部員たちの視線は彼等のほうを向いている。囁き合ったり、にやにやしたり、わざとらしい大きな声を上げて笑ったりしている。教師の姿はない。男たちが働き、女たちが笑う、というのはこの部の規律なのだろうか。まさか。教師の姿はない。教師がいないことでこうなっているのか。男子部員も女子部員も、自分たちがするべきことをしている、という感じだ。

額に汗が滲《にじ》む。体育館の中だって窓が開いているのだからエアコンなどついていないのだろう、それなのに女子部員たちは文字どおり涼しい顔をしている。いや——汗はたっぷりかいている。顔を紅潮させ、髪は濡れて額に張りつき、レオタードは体の陰影を必要以上に強調しているが、そういうことがあの子たちはまるで平気なのだ。むしろ楽しみ、心地よく感じてるのだろう。

小夜子は汗を拭い、かんなを見た。かんなは小夜子に横顔を向ける位置にいるけれど、お喋りに夢中になっていて、こちらには気づく様子もない。といって、積極的に喋っているというのでもない。薄い、ものわかったような微笑を浮かべて、頷いたり、眉だけをぎゅうっとひそめたりということで会話に加わっている。

だが、かんなの体がいちばん目立つ。小柄で細い子ばかりの女子部員の中にあってもなお華奢なほうなのに、娘の体は誰よりも声高だと小夜子は思う。あるかなきかの胸の膨らみは、それ自体が小さな活発な女の子のようだ。知らないことを知りたがり、もう知っていることを言いふらしたがっている。そんなふうに感じるのは私があの子の母親だからだろうか。それとも母親なのにこんなふうに感じるのは異常なことだろうか。視線が娘の足からその付け根のほうへとさまよいそうになるのを慌てて逸らす。なまめかしい匂いが届きそうで手で鼻を覆った。こんなに汗をかいているのに指先がかさかさに乾いていて、出かける前に顔に塗りたくってきた日焼け止めのつまらない匂いがした。

――と、女子部員のひとりが、何かのはずみでこちらを向いて、開け放った体育館の入口に小夜子が立っていることに気づいた。ほとんど表情を変えず、ふいと仲間たちのほうへ向き直ったのでほっとしたのも束の間、その子は何かひと言二言発し、すると次の瞬間には全員がぐるりと首を回して小夜子を見た。もちろんかんなも。その目が見開かれるのとほとんど同時に、小夜子は踵を返して逃げ出した。

小夜子は駆けた。

走るのはおかしい。人にへんに思われるから歩こう、と思うのに、脚の動きが制御できない。荒い息を吐き、滴り落ちる汗を払いながら駆け続けた。

体力が尽きて脚がもつれ、次第に速度がゆっくりになっていったが、心だけはずっと駆け続けて、いつしか奇妙な場所をさまよっていた。

その場所で、小夜子はかんなと同じ年頃の少女に戻っている。もちろんレオタードなどは着ていない――膝上のデニムのスカート、マドラスチェックの半袖のシャツ、それでもじゅうぶんに溌剌《はつらつ》として、匂いたつようだ。

体型はかんなと同じくらい。胸はかんなより小さいくらいだが、膨らみは次第に豊かになって、そのうち「華奢なわりに胸は意外に大きい」と言われるようになることを小夜子は知っている。女たちに羨ましそうに言われ、光太郎――これまでに小夜子の裸の胸を見たことがあるただひとりの男――からは、慈しむように言われるようになることを。

駆けながら、心の中で、そのように小夜子は成長していく。十五歳、十八歳、二十歳、そして二十四歳。そこには光太郎がいる。両手を広げて、小夜子を抱きとめるために待っている。いつでもごくやさしく丁寧に、ときどき驚くほど乱暴に、小夜子のために動いた腕に向かって、小夜子は駆けるのをやめることができない。

きっと犬みたいに見えているだろう。

やみくもに走って、暑がって舌をだらりと垂らしてせわしない呼吸をしている犬。

小夜子は笑った。だってその実際そのとおりなんだもの、と考えて。MINTのカウンターの向こうの若い女の子が、戸惑ったように曖昧に微笑み返す。

「シャンプーとカット。山田さんで」

お遣いの子供が母親から言われたとおりに繰り返すように、そう言った。山田さんで。若い女の子はそこだけを復唱し、途方に暮れたように店内を見渡す。

店内に先客はふたりだけで、そのうちのひとりを、店長のイコタが受け持っている。もうひとりを担当しているのは女性だ。海斗の姿はなかった。だが、いるはずだ。今日は彼の公休日ではないから。きっと控え室のようなところで、メールでも打っているのだろう。

「ほかのお客の予約なんて、どうせ入ってないでしょう」

女の子がぎょっとしたような顔で振り返ったので、小夜子は頭の中の言葉を口に出してしまったことに気づいた。夏休みですものね。こんなに暑いし。取ってつけたように言い足すと、女の子は硬い微笑を張りつけたまま、少々お待ちください、とカウンターを離れた。

女の子はまっすぐにイコタのところへ行く。耳打ちされてイコタがこちらを向いた。うさんくさげな顔にそれこそ取ってつけたような笑みが浮かぶ。奇妙に女性的な唇が、オヤミさまようこそ、というかたちに動く。

何かがおかしい。

小夜子は思う。何かがおかしい、そのことはわかる。だが何がおかしいのか。女の子のおどおどした様子か、イコタのわざとらしい態度か。彼らがそんなふうになるのは、私が犬みたいにはあはあしているからか。犬みたいなのがおかしいのか、おかしくなるのがわかっているのに走ってきたことがおかしいのか。

わからない。何を基準にして考えればいいのか、どこから考えればいいのかわからなくなってしまった。だが海斗があらわれればわかるようになる気がする。わからなくても、海斗と会えればいいのだと思う。だからぜったいに今、会わなければ。

意味のわからない敵意が湧き上がり鎧《よろい》のように小夜子を包んで、だから海斗が実際にあらわれたとき、小夜子は微笑むことができずおそろしいものでも見るように凝視してしまった。

海斗はおかしかった。それはたしかだった。「いらっしゃいませ」という挨拶は蚊《か》の鳴くような声だったし、ニコリともしないし。通夜の会場にでも連れていくような顔で鏡の前に案内された。こんな様子ではイコタにあとで怒られるのではないかしら。そう——おかしいのは海斗だ。私は客なのに、彼に何かしたわけでもないのに、ただ髪を切ってほしいだけなのに、こんなふうな態度をとるなんて。おかしいのは海斗だ、私ではなく。小夜子はそう考えることに成功し、すると鏡の中の海斗に向かってようやくニッコリ笑いかけることができた。

「今日は？」

あいかわらず無表情のまま、海斗が聞く。なんてぞんざいな口の利きかただろうと小夜子は思う。今日はなんの用があるというのだ、というふうに聞こえる。

「カットをお願い。だってここはヘアサロンでしょう？」

そんな科白が口からすらりと出ることに自分ながら驚く。海斗ははっきりと不快そうな表情になり、「どのようにカットしましょうか」と棒読みの口調で聞く。

海斗は小夜子が座っている椅子のすぐうしろに立っている。意識的にか無意識なのか、いつもよりも距離を空け、両手をだらりと垂らして、小夜子の髪には触れようともせずに。もしも海斗が光太郎だったら、と小夜子は思う――もしも海斗が光太郎だったら。そうしたら、ゆっくりと近づいてきて、首筋に両手を差し入れ、私の髪に鼻先を埋めるだろう。それから、その手がそっと降りてくる……。

想像の中ではすでに小夜子は立ち上がっていて、ふたりの間に椅子の背もたれもなく、小夜子は腰骨の辺りに光太郎の硬くなった体の一部が押しつけられるのを感じさえする。想像だが、それはかつて経験したことなので、感触は生々しい。それはずいぶん昔のことに違いないのに、今そっと背後に手を回せば、そこにあるものに触れられそうな気さえする。光太郎だったらそうするだろう――かつての光太郎だったら、と小夜子は思い、それから、ほとんど何も考えずに、

「短くして頂戴」

と言った。

「短く？　切るんですか？」

「そう言ったのよ」

「何センチくらい？」

「ばっさりとよ。ショートカットにしたいの。男のひとみたいに」

海斗はますます不快そうに眉をひそめた。鏡の中の自分のそういう顔に気がつかないのだろうか。たぶん何も見ていないのだろう。もちろん私の顔も、と小夜子は思う。

そのとき鏡の中にイコタが映った。一瞬だったが、手招きしたのが見えた。ちょっと、失礼します。海斗はイコタとともに、店の奥へ引っ込んだ。

「あの、一筆書いてもらえませんか」

戻ってきた海斗はそう言った。覚束ない外国語でも喋っているような顔をしている。

「え？」

「男みたいなショートカットにしてほしいと頼んだと書いてください。署名もして」

「そういう決まりになったの？」

「そうみたいです」

海斗はなげやりに答えた。イコタの差し金なのだろう。小夜子は差し出されたメモ用紙とボールペンを受け取った。〝男みたいなショートカットにしてくださるようにお願いします。親海小夜子〟と書いて海斗に渡した。

海斗は紙片を一瞥《いちべつ》するとポケットにねじ込んだ。それから小夜子の真うしろに立って鏡を見据えた。鏡の中ではじめて目と目が合った。

海斗は挑むように目を逸らさぬまま、小夜子の首の両脇に手を入れ、髪をふわりと持ち上げた。今にも頭の上に唇が降りてくるような気がして、小夜子はとっさに身をすくめた。

「動かないで」

小夜子の耳元でジョキリと鋏の音がした。


光太郎の目の前で、青年はスティックにキーホルダーをつけた。ミニチュアの赤いルノーがついたキーホルダーだ。スティックを手渡すとわざわざ二階に上がってそれを持ってきたので、光太郎はついじっと見た。

「フランス製のビンテージなんですって」

青年の妻が言った。若い夫婦だ。夫が二十五、女が二十八。新築の建て売り住宅を買ったのを機に、セキュリティシステムに申し込んできた。

「どう思います？　これ、一個三千八百円ですって。これにつけるためにネットオークションで競り落としたって言うんだから」

「コレクションアイテムなんだよ」

「あなた、コレクターじゃないじゃないの」

「まあそうなんだけど、どうしてもほしくなっちゃって」

若い夫婦はどちらも人懐こくて、初回からごく気安い態度を通している。それは俺に心を許しているからというより、むしろ無関心故なのだろうが、と光太郎は思う。

「ちょっと、もう一回試してみてもいいですか」

青年はスティックを持って立ち上がった。リビングのドアの横に取りつけたコントロールボックスのスリットにスティックを差し込むと「安心シテオ出カケクダサイ」と機械が応答する。「安心してお出かけください」青年はこちらに向かって愉しそうに復唱し、実際に玄関から出ていく。鍵も外からかけた音がする。

「こんな小さな建て売りの家にわざわざ入る泥棒もいないと思うんですけど」

若い妻が話しかけてきた。いやいや、と光太郎は型どおりに否定する。

「泥棒が狙うのは、当たり前みたいですが〝入りやすい家〟ですから。防犯に気を配るのは大切ですよ」

「こんなこと、親海さんに言っていいのかわからないけど、私は最初反対だったんです。大げさだし、毎月のお金だって安くはないし。だけど彼が、妙に心配性になっちゃって。勤めから帰ってきて、お金は取られてたっていいけど、私が殺されたりしてたら困る、って。そりゃ、私だって困るけど」

　女に合わせて光太郎も笑い、やはり女の動作につられて、青年が出ていった玄関を見た。まだ入ってこないのは、警報装置が有効になるために必要な三分間をドアの外で見計らっているためだろう。

「ご主人のお気持ちはよくわかります。とくにおふたり暮らしだと、ご主人のお留守中は奥様おひとりになってしまわれますから……」

「ここへ来てから、私が血だらけで倒れている光景を始終思い浮かべているらしいんですよ。そんなこと言ったら、前に住んでたアパートのほうが、よっぽどぶっそうだったのに。一軒家というのに慣れないんですね、きっと。それは私もそうなんだけど。私のほうは、なんだか前よりも閉塞感があるみたい。こんな家でも、前に比べればずっと広いのに。彼が心配しすぎるせいね」

　あらためて玄関のほうに目をやったのとほぼ同時に、青年がドアを開けたので、光太郎はほっとした。警告音が鳴り出し「解除操作ヲシテクダサイ」と機械が繰り返し告げる。青年は小走りにコントロールボックスに近づきスリットにスティックを差し込んで警戒を解除した。

「すごいすごい」

女はそれまで喋っていたことなどなかったかのように、はしゃいだ声で手を叩いた。

その家を辞し、同じような規格の新築の家並みが途絶えたところで、携帯電話が鳴り出した。ディスプレイにあらわれた「かんな」という発信者名をたしかめてから、光太郎は受話ボタンを押した。

「お父さん、今日早く帰ってこれない？」

いきなり、思い詰めたような娘の声が耳に届く。いったいこれからどんな話を聞かされるのか、もちろん光太郎には知る由もなかったが、「ああやっぱり」という思いはなぜか水のように滲み出していった。

浅黒い肌を見下ろしながら、かんなの言葉を思い返す。

お父さん、今日早く帰ってこれない？　お母さんがへんだよ。

昼間の電話で、かんなはそう言ったのだ。大人びた口調だった。娘ではなく、妻とか恋人の女を思わせる話しかた。そのことは光太郎を戸惑わせ、事態の深刻さを早々に予期させもした。お父さん？　聞こえてる？　とかんなは苛立ちを滲ませた。ああ、聞いてる。お母さんがどうしたって？　と光太郎は応えた。

浅黒い肌の上で光太郎は動きを速める。組み敷いている女は約二週間前に買ったのと同じ女だったが、光太郎はそのことを言わなかったから、女も気づいていない様子だった。職業的に完成された媚態で女は声を上げて身をくねらせ、終わらせようとしているが、光太郎はなかなかのぼりつめない。女の裸の上に「耳なし芳一」さながらにかんなの言葉が張りついているせいだ。

今日学校にお母さんが来たんだよ。体育館を覗いてたの。最初友だちが見つけて、へんなおばさんがいる、って言って、見たらお母さんなのよ。両手をだらっとさせて、目はうつろだし、殺人とか放火とか、何かひどいことやって逃げてきたみたいに突っ立ってるの。あたしを見ても何も言わないし、っていうか、目が合ったとたんに逃げちゃったのよ。お父さん、ぜったいへんだよ、お母さん。なんかあったの、お母さんと？　お願いだから今日早く帰ってきてよ、それでお母さんと話してよ。

結果的にはかんなの電話が、光太郎の帰宅を遅らせることになった。むしろふだんより早く帰れる日だったのに、足は家への方向を避けて怪しげな街へと向かった。何をやっているんだ、帰らなければだめだ、小夜子が本当にへんかどうかはともかくあんなふうに動揺している娘を安心させてやらなければならない、と思いながらどうしようもなかった。ああ、と光太郎は呻いた。それは快感の声などではなかったが、その声に引きずられるようにしてようやく果てた。

家に帰り着いたのは午前三時半だった。女を買う前に飲み、女と別れてからも通りすがりのショットバーでさらに飲んでいたので、相応に酒が回っていた。鍵を差し込みドアを開けると、ミーンというような聞いたことがない音が響き渡りぎょっとする。ああそうだ、警報装置だ、家の人間が遅く帰ってきたときにこういう音が鳴るんだった、とすぐに理解し、コントロールボックスのところへ行ったが、そこを押せばいいはずのボタンを押しても音は鳴り止まない。

どうしたんだ、何が起こっているんだ。酔った頭をいっそう混乱させながら立ち尽くしていると、階段を下りてくる足音がした。光太郎はとっさに身構え、あらわれたのが妻ではなく娘であったことに心からほっとした。かんなはすたすたと近づいてきて、警報を止めた。

覚する。

「暗証番号を入れるんだったな」

光太郎は娘に笑いかけた。酔っている以上に、酔っているふりをしていることを自
「お母さん、髪を切ったよ」

かんなは無表情で言った。

「髪を切る元気があるなら大丈夫だよ」

光太郎は笑い続けるしかない。

「囚人みたいな髪だよ。あたし、知らないからね」

娘の声が涙で膨らんでいることにも光太郎は気づかないふりをした。かんなはくるりと背中を向けて階段を駆け上がっていく。

かんなの部屋のドアが乱暴に閉められる音を聞いてから、光太郎は自身ものろのろと階段を上がった。寝室のドアをそろりと開けると、小夜子は夏掛けを首元まで引き上げて、蓑虫《みのむし》のような格好で寝ていた。

警報音が聞こえても目を覚まさないのか。いや違う、目は覚めているんだ、もしかしたらずっと起きていたのかもしれない、聞き慣れない電子音や、かんながバタバタ

と階段を上り下りする音を聞いても起き上がらないのは、妻に異変が起きているせいだ。

セックスをしよう。

それはいい思いつきに思えた。あるいは防衛本能の発露、ということだったのかもしれない。話したり聞いたりするよりセックスだ、それで解決する、抱いてやればいいのだ、今し方抱いてきた女の感触を忘れないうちに、その感触の助けを借りて。

だが光太郎はしなかった。到底そんな気になれなかったし、試みたとしてもできないに決まっていたから。彼がしたのは酔っ払って今にも昏倒しそうだというふりをして、妻の隣に滑り込み、わざとらしい寝息をたてることだった。ワイシャツとズボンを、鎧のように身につけたままで。

「大丈夫」

と海斗は言う。枝豆を歯でしごき出す。注文したのではなく突き出しで、冷凍庫にでも入れていたのかと思うほど冷たい。そしてしょっぱい。

最近「ふくろう」の食い物をあまり旨いと思えなくなった。マスターの腕が落ちたとか手抜きになったとかいうことじゃなく、もともとこんなものだったんだろう、と海斗はぼんやりと思う。

「ほんと？」

唯はやはりそう聞く。この女の口から出るのは意味のない言葉ばっかりだ、と海斗は考える。ほんとに決まってるし、ほんとじゃないとしたって、俺が「うそだよ」と答えるはずもないだろう。

「店に報告して、対応も決めたから」

「対応ってどんな」

「まあ、それなりに接しましょうってことだよ。これ以上おかしくならないように」

おかしかったのは俺たちのほうかもしれないけどな。海斗は心の中で続ける。伊古田が朝のミーティングで、親海小夜子が「要注意人物」であると発表したその日に当人があらわれたから、全員が腫れ物に触るように彼女を扱った。あの場にかぎって言えば、いちばんまともだったのは親海小夜子だったかもしれない。ベリーショートはある種の凄みをあの女に加味することになったが、言い換えればよく似合っていた。手鏡で前後をチェックし、「とても気に入ったわ」と微笑んだ親海小夜子。

「俺、枝豆って酒飲むようになってはじめて食べたんだよ。それまでは野菜ってほとんど食えなかったからさ。で、こうやって口でしごいて食うっていうのわかんなくて、手で皮剝いてたら、どこのお坊ちゃまだよって言われたことあったな」

「海斗」

かぁいと、というふうに唯は海斗の名前を呼んだ。腹立たしげに、幾分嘲《あざけ》ったように。無遠慮な中年女みたいな呼びかたを唯はいつからするようになったのか。それとも「ふくろう」の料理同様、俺が気にしなかっただけでもとからこうだったのか。

「ごまかさないでよ」

「ごまかしてなんかないよ」

「話終わってないじゃん。彼女の旦那には話したの？」

「なんで旦那が出てくるんだよ？」

「だから言ってるじゃない」

唯は早口で喚きはじめた。警察が無理なら旦那でしょ。相手はまともじゃないんだから、家族に管理してもらわなきゃあ、とか何とか。言葉がすべて聞き取れるにもかかわらず動物の鳴き声みたいに聞こえる。うるさい。海斗は思う。うるさいうるさい

うるさい。うるさすぎて、言い分を検証してみようという気が起きない。

「客商売だからな、難しいところあるよ」

見かねたのかマスターが口を挟んだ。唯が無頓着にでかい声で喋るから、この一件のことを彼はすでに隅々まで知っている。

「おかしいっていったって、いいところの奥さんなんだろ？　子供もいるし。ちょっとのぼせてただけだろ？　店にも伝わってるなら大丈夫だよ」

海斗は黙って頷いた。自分に与《くみ》してくれているマスターにまで、どういうわけか反感を募らせながら、大丈夫じゃねえよ、とやはり声に出さず言う。

「何かあったら責任取ってもらえるの？」

唯が品の欠片もなく唇を尖らせて言い返すのと同時に、店のドアが開いた。あ、いらっしゃい、とマスターが言う。立っていたのは親海小夜子だった。

親海小夜子は気取った様子で、入口に近い、海斗と唯からはいちばん遠いスツールに腰掛けた。ゆっくりと首をこちらに回し、「あら」と言った。

「偶然ね」

と。時刻は深夜一時だった。

9

翌朝、小夜子が起きたのは朝九時過ぎだった。

寝坊したわけではなかった。午前三時過ぎにベッドに入ってから一睡もしていなかったから、光太郎が自分よりかっきり三十分遅れて、三時半に帰宅したことも知っていたし、にもかかわらず今朝は通常通り出勤していったことも知っていた。

小夜子は身仕舞いを整えて階下に下りた。洗面所を使ったが鏡は見なかった。朝方帰宅したときにいやというほど見ていた。化粧水だけはたいてダイニングの扉を開けたとたん、どきっとして立ち竦んだ。かんながいたからだ。てっきり光太郎と一緒に家を出たと思っていた。小夜子は思わず右の頰を押さえた。

ダイニングテーブルの定位置について、かんなは携帯電話をいじってもいなかったし、雑誌をめくってもいなかった。娘の前には何もなかった。コーヒーカップやペットボトルの類さえ。かんなはひどく無防備で孤独に見えた。

「朝練、お休みなの？」

娘に背を向け、キッチンへ向かいながら小夜子は聞いた。

「昨日、どこ行ってたの？」

とかんなは言った。

「ああ昨日ね、ゴミ出しに行ったら近所の奥さんに会っちゃって。話が長くなって、結局お宅にお邪魔しちゃったのよ」

小夜子は冷蔵庫から水出しコーヒーのポットを取り出す。作ったのは一昨日の夜なのに、ほとんど減っていない。誰にも飲まれていないコーヒーをグラスに注ぐ。光太郎もかんなも、何を飲んでいたのだろう。

小夜子はグラスを持ってダイニングへ戻った。頬杖をついて右頬を隠す。どのみちかんなは母親をまともに見ようとしなかった。テーブルの上で組んだ両手の間を、まるでそこにいつものように携帯電話があるかのように見据えたままで、

「近所の人って誰」

と聞く。

「名前、知らないのよ。よく顔を見かけて、挨拶するようになった人」

「名前もわかんない人の家に、夜中の三時までいたの？」

かんなの口調は突然ヒステリックになる——だがそれは、彼女がうんと小さな頃おもちゃやお菓子がほしくて駄々をこねていたときの様子を思い出させなくもない。

「ううん、そんなに遅くはなかったわ」

「嘘よ」

「嘘じゃないわ。お暇《いとま》したのは十二時前くらいじゃなかったかしら。それから、ゴミ置き場が散らかってるのを片付けたり、庭を眺めたりしてたのよ。夜の庭って昼とはまた違うの、面白くてついぼんやりしちゃった」

「三時間も？」

「三時間っていうのは大げさだわ。あなた、起きてたつもりで眠ってたんじゃない？曖昧になってるのよ、時間が」

「ちゃんと起きてたよ！」

かんなの叫び声が涙で膨らんでいるのがわかって小夜子は胸が痛んだ。もちろん自分がどうしようもない、真実みがこれっぽっちもない嘘を吐いていることはわかっていた。だが、仕方がないのだ。この子は私の嘘は易々と見抜いても、仕方がないということはわからない。無理もない――わかるようになるとすればずっとずっと先、今のこの子からすれば想像もつかないほど先のことだ。

椅子を蹴って部屋を出ていこうとしたかんなは、ふと思い直したように振り返った。不意のことだったので小夜子は右頬を隠す余裕がなかった。かんなの目が見開かれる。

「どうしたの、顔……」

「何でもないのよ。ちょっと打っただけ」

「お母さん……」

かんなはまた泣き声になり、それを抑えるためにしばらくの間口を閉ざした。

「お母さん、浮気してるの？」

そしてようやくそう聞いた。

「まさか」

小夜子は笑った。

「お母さん、どこかへ行ってしまうつもりなんじゃない？」

「どこへも行かないわ」
小夜子はやさしく、心を込めて娘に答えた。そうして、行けるわけないわ、と心の中で付け加えた。

もちろんあの娘は小夜子を打とうとしたのだが、人を打ったのがおそらくはじめてだったのと、爪を伸ばしていたせいで、右頬には引き裂かれた傷がついた。右目の下から頬骨にいたる三本の爪痕。血は滲んだ程度で、さほど深い傷ではなかったが、傷つけられた顔を見るのははじめてだったから、それはじゅうぶんにグロテスクな眺めだった。傷のせいで目や鼻や唇もそれまでとは違うもののように見える。鏡の前で小夜子は繰り返し、手で傷を隠したりあらわしたりしてみた。

あの娘、海斗の恋人は、突然突進してきたのだった。「ふくろう」のカウンターで、ちょうどさっきのかんなとのやりとりみたいに、娘から投げつけられる言葉に答えを返していたら。

そう、結局、あの娘もかんなと同じなのだ。小夜子は不意にそう思った。少し前までは彼女を憎んでいたけれど、今は自分の娘へ向けるのとほぼ同じ感情に変わっていることに気づいた。罵られても頬を殴られても、どうしようもないことがこの世にはあるという事実を、あの娘もやはりまだ知らないのだ。

あの娘には可哀想なことをしてしまった。

自分でも信じられないことに、小夜子はそう思った。「ふくろう」に、海斗がいることは期待していたけれど、あの娘が一緒だということは考えもしなかった。今になってみればどうして考えなかったのだろうと思えるけれど、あの娘の存在が頭からすっぽり抜けていたのだ。

海斗に会えるか会えないか。そしてもし海斗に会えたなら、そこにあの娘などいないはずだった。再び、ひと振りの調味料のように戻ってきた憎しみとともに、小夜子は海斗の恋人の姿を記憶の中から消し去ってみる。あの娘がいなければ、海斗は私を見て驚き、それから口元を緩めたかもしれない。それは「苦笑」と言えるものに違いないけれど、それでも微かな感動と、ひそやかなシンパシィから浮かびあがった笑いであるはずだ。

仕方がないな。

海斗はそう言うだろう。来てしまったなら仕方がない。座ってください。ここへ。

僕の隣へ。

それからほんの少しだけお酒を飲む。話すことなどあまりない——「ふくろう」の店主を意識して、数日前の「一筆書いてもらえませんか」の一件を、冗談めかして反《はん》芻《すう》してみることくらいはするかもしれない。言い訳、あるいは説明のための短い間を過ごして、私たちは立ち上がる。海斗は私を、自分の部屋へ連れていく。

ドアが閉まる。

うしろから近づいてくる、そして手で触れるより先に、唇が私の首筋に降りてくる。首筋から襟足に——髪の匂いをたっぷりと吸い込み、反対側の首筋に渡り、くすくす笑う。犬みたいにクンクンと鼻を鳴らす真似をする。まだ手は使わない。そのことを面白がり、そのことで興奮してもいる。

いきなり胸を摑まれる。あ、と私は小さな声を上げてしまう。驚かせようとしたことが成功して、あいかわらずくすくす笑いながら、体はまだ密着してはいないけれど、でも欲望がどんどん膨らんでいるのがわかる。指が服の上から乳首を探り当て、布地越しに愛撫をはじめる。私は声を上げる。もどかしくて。あのひとの欲望をもっともっと掻きたてるために。

朝食も食べずにかんなはどこかへ出かけてしまった。

「朝練、っていうのがあるのよ。七時から十時頃まで、涼しいうちに練習するの。毎朝早起きして出かけてるわ。学期中は寝坊ばっかりしてたのに、おかしなものねえ」

砂糖漬けの青梅を齧《かじ》りながら、小夜子は饒舌になっている。実の母親の前だから、行儀悪く手摑みで食べる。テーブルの上には氷を浮かべた梅酒のグラスもある。

「クラブ活動に熱心なのはいいことね」

老母は曖昧に応じる。梅酒を漬けたから都合のいいときに取りにいらっしゃいと小夜子に電話したのはずいぶん前のことで、今日突然、予告もなく、光太郎の車でもなくひとりで電車で一時間かけてやってきたことに戸惑っている。

小夜子はキッチンの窓から見える狭い庭に顔を向けた。

「今年のヒメザクロは花がよくついたわね」

母親は答えない。赤い花がそろそろ終わりかけているザクロの樹ではなく、小夜子を見ている。

「そこ、絆創膏を貼っておいたら？」

「いやあよ、みっともない」

「そのままのほうが人目を引くわよ。まるで引っかかれたみたいだもの」

「猫を飼ってると思われるかもね」

右目の下の傷は、道で足を突っかけて石塀に顔をぶつけたせいだ、と説明した。母親が信じているかどうかはわからないが、小夜子が嘘を吐く理由も思いつきはしないだろう。

「ずいぶん短く切っちゃったんだね」

今度は髪のことを口にする。

「光太郎さんに勧められたのよ。たまにはうんと短くしてみたらって」

小夜子は照れくさそうにそう答える。光太郎さんが？　と母親は微かに眉をひそめる。

「今日は、迎えに来るの？」

「いいえ。ここへ来ることは言ってないもの。それに今、忙しいみたいだし」

「あんた、じゃあ重い瓶を持って電車で帰るの？」

「大丈夫よ、何本も持って帰るわけじゃないし」

「わざわざ来たのに、一瓶ぽっちじゃ……」

「お母さんは心配ばかりね」

小夜子が笑うと、仕方なさそうに母親も笑った。父親が心筋梗塞で急逝したのは四年前のことで、以来ひとり暮らしだ。両親は仲のいい夫婦だった――少なくとも小夜子にはそう見えていた。父親が死んだとき小夜子は父親よりも母親のためにより悲しんだものだが、今は母親を羨ましくも感じた。両親の関係が実際のところどのようなものだったにせよ、もう決して変わりようがないという点において。

「お昼ごはん、食べていってもいい？」

「素麵《そうめん》とだし巻きくらいしかできないけど。あと茄子でも煮ようかね」

「いいわよ。じゅうぶん」

母親はキッチンに入っていった。その様子にはどこか逃げるようなところがあったので、小夜子は手伝うのをやめて、食卓の椅子に掛けたままでいた。

野菜を洗っているのか、水の音が聞こえてくる。小夜子は携帯電話を取りだして、山田海斗にメールを打った。

件名　昨日はごめんなさい

あなた方がいるなんて思わなくて。彼女に悪いことをしましたね。お詫びを伝えてくださいね。

送信ボタンを押し、すぐにまた新規作成の画面を出した。

件名　ショートカット

髪のこと、教えていただきたいのです。思いきって切ってしまったから、扱いかたがよくわからなくて。お店にはもううかがいません。昨日お約束した通り、べつのお店を探しますけど、どんなふうに注文したらいいかとか、カットのコツとか、教えてください。海斗さんに切っていただいたのが、とても気に入っていて、できるだけ同じようにしたいのです。

二通目を送信したとき母親が台所の入口からこちらを見ていることに気がついた。

「あっ」

母親はうろたえた声を上げ、その釈明をするように「光太郎さん？」と聞いた。ええ。小夜子は頷く。

「迎えに来るって？」

母親は覚束ない口調で聞き、それは無理みたい、と小夜子は答えた。母親は何か言いたそうな表情をしたが、結局そのまま台所に戻っていった。

小夜子はもう一回メールを打つことにした。


ミートローフは旨かった。

いろんな野菜が混ぜ込んであり、複雑な味がする。玉葱でしょう、セロリでしょう、人参、椎茸、パセリ、マッシュルーム……。妻は楽しそうに説明した。

ソースも手製で、ワインを利かせたケチャップソースと、和風のと、二種類作ってある。それにマッシュポテト、冷たく冷やしたトマトのサラダ、絹さやのバター炒めに、これは光太郎が飯を食べるときのために作ってくれたのだろう、切り干し大根や漬け物の小鉢も並んでいる。

いつもの食卓だ、と光太郎は思う。結婚以来ずっと、この妻はいつでもこんなふうにきちんと食卓を調えてきたのだ。娘時代には母親にまかせきりだったらしくて、料理の腕ははじめ覚束なかったが、そもそも食い道楽の家系だからだろう、すぐに上達した。食卓だけじゃない、家の中はいつでも気持ちよく整っている、掃除は行き届いているし服は清潔で、必要ならばアイロンがぴしっとあてられている。もちろん今日もそうだ。家の中はいつも通りだ。

「もう少し切る？」

小夜子が聞き、うん、と光太郎は機械的に頷いた。ときどき光の加減で、妻の頬に三本の筋が見える。蚊に刺されて掻きこわしでもしたのだろう。「囚人みたい」と娘が言っていた髪型をはじめて見たときはぎょっとしたが、見慣れればべつだん奇異でもない。むしろ今ふうで垢抜けた感じだ、小夜子にそんな洒落っ気があったことは意外だが、夫としては喜ぶべきことだろう。

髪を切ったのがKAITOだとしてもだ、と光太郎は自分に言う。こんなふうに妻があっけらかんと髪型を変えてみせることこそが、何も起こっていないという証拠と言えるんじゃないか、と。

三切れ目のミートローフにかぶりつきながら、かんながじっとこちらを睨んでいることに光太郎は気づいた。だが無視し、今この食卓で違和感を放っている者がいるというならこの娘だ、と考える。なぜ騒ぎ立てるのか。頼むから静かにしていてくれ。その気分はかつて娘が三つ四つの頃、頼むから早く寝てくれ、でないと小夜子とセックスできない、と苛立っていたときのそれと似ているようで、奇妙な気分になる。

「そろそろワインにする？」

小夜子がまた聞いた。立ち上がろうとする妻を光太郎は手で制して、自分が立ち、冷蔵庫で軽く冷やしてあるワインを持ってきた。これだって、暑い日に旨く飲めるように、頃合を計って小夜子が冷蔵庫に入れておいてくれたのだ。異常な人間にそんな心配りはできないはずだ、と光太郎は考える。

「盆が過ぎた辺りでどこか旅行しないか、三日くらいしか取れないけど」

妻のグラスにも注いでやりながら光太郎は言った。

「あら。めずらしい」

小夜子は微笑む。

「いいわね。嬉しい。海に行きたいなあ」

「海は盆過ぎにはクラゲが出て泳げないぞ」

「眺めてるだけでもいいんだけど。でも、ふたりはつまらないわね。かんなはどこへ行きたい？」

かんなは答えない。すでに三切れ目のミートローフを機械的に口に運んでいる。むっつりしているのは両親に不満を表明するためだろうが、それでも母親が作った料理を食べない、という選択はないのだ。腹が減って仕方がないのだろう。毎朝マットの上で跳んだりはねたり転がったりして、そうでないときにも体中の細胞が旺盛に入れ替わって。光太郎はそう考え、すると娘への羨望と哀れみが同時に膨らんできた。

「かんな、どうなんだ？」

娘に話しかけ、やはり返事がないのをたしかめてから、

「那須はどうかな。ちょっと洒落たホテルがこの前雑誌に出てたんだ。旨そうなレストランが入ってるし、テニスもできるぞ。ああそうだ、温水プールもあったな」

言い終わるのを待っていたように呼び鈴が響いた。三人は顔を見合わせた。午後八時少し前。光太郎が腕時計をたしかめた一瞬に、小夜子がさっと席を立った。

玄関のほうからはじめ聞こえてきたのは甲高い女の声だった。若い声だ、きっとかんなの友だちだろう、光太郎はそう考えようとした。だがその声はどんどん大きくなって、ほとんど怒鳴るような調子になり、とうとう「どいてよ」「バカ女」という怒号が耳に届いた。

光太郎は急いで立ち上がった。状況を把握することを心は拒もうとしていたが、それとはべつに、あの声の女をこの部屋にいれてはならない、かんなに見せてはならな

いという強い意志に動かされて。だがそのときには、来訪者たちはもうダイニングの入口まで来ていた。

来訪者たち。女だけではなかった。女は二十代前半くらいの、テレビタレントのような派手な感じの娘で、そのうしろに男がいた。ひょろりとした、女同様に今ふうな格好をした若い男。これがＫＡＩＴＯか、と心の奥のほうで自分の声が呟く。女はいきり立っていて、男は混乱しているようだった。そして男のうしろには小夜子がいたが、その姿も今は非常識な来訪者のように見えた。

女の視線が光太郎を捉えた。

「ご主人ですか？」

姿形もテレビタレントのようなら口から出る科白もテレビドラマみたいだ、と光太郎は思う。こいつらみんな、テレビの見すぎなんだ。

「どちら様ですか」

慇懃無礼に、逆に問い返す。その答えを知りたいとは思っていないが、侵入を阻む盾をかざすような気分で。

「あたしたちのことは、奥さんに聞いてください」

女はまたしても三文芝居のような科白を吐いた。光太郎はクスリと笑ってしまったのかもしれない——女の顔つきが険しくなった。

「あなたの奥さんが何してるか知ってるんですか？　ストーカーですよ。ここにいる、あたしの彼を追いかけまわしてるんです。電話やメールをしつこく寄こして、無視してたら家まで押しかけてきたんですよ。あたしの勤め先にも来たし、あたしたちがよく行く店まで調べだして。事件にしたら気の毒だと思ってあたしたちずっとがまんしてたんです、でも、もう限界なんですよ。何度話し合っても、もうかかわらないって約束しても意味ないから。あなたの奥さん、おかしいですよ。何とかしてくださいよ。あなたの奥さんなんだからあなたの責任でしょう？」

怒りのあまりこの女はようやく自分の言葉で喋っている。どこか興味深くそう考えながら、光太郎が実質的に見ていたのは女の顔ではなくて自分の背後のかんなと、男のうしろに突っ立っている小夜子だった。視界に入っていなくてもかんなの怯《おび》えた顔は容易に想像できた。かんなを守らなければならない、と光太郎は決意する。この女とこの男と、それにそのうしろの女から、俺の家族を守らなければならない。

「ずいぶん失礼だね、あなたは」

光太郎は言った。声のトーンや抑揚が、営業で培われたそれになっていることを意識する。

「いきなり人の家に押しかけてきて、家族を中傷して。そっちこそ、自分たちが何をやっているかわかってるんですか」

「中傷じゃなくて事実よ！」

女は叫んだ。ほしいものを買ってもらえない子供のようだ。

「事実だとは思えないね。妻のことは僕はよくわかっている。君が並べ立てているのは言いがかりというものだろう」

「言いがかりぃ？」

女の顔はダリの絵のように歪み、男は消え入るような様子になっていて、そのうしろで小夜子の目が大きく見開かれた。あれは恐怖の表情ではないのか。妻が恐れているのは誰だろう。若いふたりの侵入者ではなく俺ではないのか。はっとするほど鮮やかに浮かんだ思いを脇へどけるようにして、

「妻がストーカーするわけがない」

と光太郎は重々しく言った。

10

捨てるつもりで取り出したフードプロセッサーの箱に、付属のレシピ集が入っていて、「野菜たっぷりのミートローフ」の作りかたが載っていたのだった。

レシピ集の表紙で有名な料理研究家がニッコリ笑っていた。目も鼻も口も大きくて、太っているというほどではないが豊かな体格をしていて、いかにも健啖家《けんたんか》といった風情の女性。料理研究家の資質には料理の腕前より先にこういう見た目が必要とされるのだろう、と小夜子は思った。なぜならレシピ集をめくらせたのは食欲や好奇心ではなくて彼女の写真だったから。ミートローフは最初のページに出ていた。ミートソースを作るつもりで冷凍しておいた挽肉があったし、「冷蔵庫の残り野菜たち」も揃っていたから、作ることに決めた。

光太郎は一口食べてすぐ「うまいな」と言った。

「お肉の倍くらい野菜が入ってるのよ。玉葱でしょう、セロリでしょう、人参、椎茸、パセリ、マッシュルーム……フードプロセッサーで細かくしてあるの」

興味深そうに光太郎は頷く。そしてやさしく微笑んだ。小夜子は自分があの料理研究家になったような気がした――というよりも光太郎が微笑みかけているのは、自分ではなくてあの溌剌と陽気な笑顔の女性であるように思えた。

ソースもレシピ通りに二種類作った。辛子醬油にオリーブオイルと葱を加えた和風のソースをかけて小夜子もミートローフを口に運ぶ。おいしい、と思うが、同時に紙みたいな味がする。自分が紙になりかけているからかもしれない。写真の中の料理研究家に。

「もう少し切る？」

子供みたいにコクリと頷く夫のために、大皿のミートローフにナイフを入れる。ついでにかんなにも切り分けてやる。夫も娘も旺盛に食べている。たぶんまったくべつの道筋で、機械的に。

「そろそろワインにする？」

光太郎が立ち上がり、持ってきて注いでくれる。穏やかな美しい時間。レシピ集の写真のような時間。かんなだけが体を強《こわ》ばらせて、紙になってしまった両親に怯えている。紙になるすべをまだ知らないのだ。そのことを小夜子は羨望するけれど、いずれ知ってしまうのだろう、と思って胸が痛みもする。

「盆が過ぎた辺りでどこか旅行しないか、三日くらいしか取れないけど」

光太郎は家族旅行の話をはじめる。相槌を返しながら、小夜子が考えるのはフードプロセッサーのことだ。こんなにおいしいものが作れるのに、どうして捨てようと思っていたのだったか。

「いいわね。嬉しい。海に行きたいなあ」

大きくて場所を取るわりにほとんど使う機会がなかったからだ。何かを細かくするのも粉を捏《こ》ねるのも、結局人力のほうが早いような気がしたから。でも、捨てなくたって。結構なお金を払って買ったのに。今日のように使う気にさえなれば、こんなにおいしいものが作れるのに。捨てるなんて。

「眺めてるだけでもいいんだけど。でも、ふたりはつまらないわね。かんなはどこへ行きたい？」

小夜子の中で、フードプロセッサーを捨てることはなぜか覆《くつがえ》せない決定事項で、だから今日、うっかりおいしいミートローフを作ってしまったことは、何か取り返しのつかない間違いであったという思いが迫ってくる。このことを光太郎に話したい、この気分を説明したいと小夜子は思うが、光太郎は旅行の話を続けている。

「かんな、どうなんだ？」

どうして光太郎は、気づいてくれないのだろう。私がべつの話をしたいと思っていることに。フードプロセッサーを本当に捨ててしまってもいいのか、意見を聞きたいのに。家族旅行なんて。かんなはどうせ行かないと言うだろう。

「那須はどうかな。ちょっと洒落たホテルがこの前雑誌に出てたんだ。旨そうなレストランが入ってるし、テニスもできるぞ。ああそうだ、温水プールもあったな」

呼び鈴が鳴ったので小夜子は立ち上がった。奇妙なことに、その音が聞こえた瞬間、ほっとした。ああこれで問題が解決する、望みが叶う。

ドアを開け、唯と海斗の姿を見たとき、だから驚きはちっともなかった。光太郎が家族旅行の話を終えてくれるのをじりじりと待っていたが、私が待っていたのはじつはこのふたりだったのだ、と思った。もちろんふたりは、光太郎の話を終わらせてもくれるだろう。

「いらっしゃい」

小夜子が微笑みかけると、

「いらっしゃい？」

唯は目を剝《む》き、背後の海斗を振り返り、海斗は小夜子がよく見えない、とでもいうように目をすがめた。

「何、気取ってるの？　自分の家だから？　ダンナや子供の前では、いい奥さんぶってんだ？」

「どうしたの、いきなり？　どうしてそんなに大きな声を出すの？」

小夜子は宥《なだ》めるように言ったが、そのじつは自分のそんな口調が、唯にいっそう大きな声を出させるだろうことはわかっていた。

「海斗さん、彼女と何かあったの」

小夜子はさらにそう言った。バカじゃないの？　果たして唯はほとんど飛び上がらんばかりの勢いで叫んだ。

「ダンナいるんでしょ？　会わせてよ。何があったか話してあげるから。あたしと海斗のことじゃないよ。あんたが海斗に何をしたか」

光太郎はまだあらわれない。唯の声はじゅうぶんに大きく、ダイニングに容易に届いているはずなのに。

「少し落ち着いて頂戴。それにあなたの口ぶり、おばさんみたいよ」

小夜子はクスリと笑ってやった。うっせーババア！　面白いほど簡単に唯は激高する。

「どいてよ！」

唯が踏み込んできたので小夜子は体をずらした。

「バカ女！」

唾でも吐きかけるように言い捨てて唯はダイニングへ向かう。海斗がちらりとこちらを見てから、そのあとに続く。光太郎はそのときようやくあらわれた。

光太郎は素敵だった。

落ち着いて、堂々としていて。たとえそれが見せかけだけだったとしても、唯と海斗にはわからないだろう、と小夜子は思った。私の夫。大好きな男。

気圧されたように、聞かずもがなのことを唯が聞くと、

「ご主人ですか？」

「どちら様ですか」

と光太郎は当然聞くべきことを聞いた。

「あたしたちのことは、奥さんに聞いてください」

小夜子は光太郎を見た。あからさまに見てはいけない、と思ったし、自分は今きっとご褒美を待つ犬みたいな顔をしているだろうとも思ったが、光太郎が今度こそどんな反応をするのか知りたくてたまらず、見ずにはいられなかった。

光太郎は無表情だった。小夜子は夫の顔の上に変化があらわれることを熱望していたけれど、光太郎は僅かに唇の端を歪めただけで、それは失笑のように見え、まったく変化がないよりも小夜子を失望させた。小夜子の失望と同じくらい深く唯は腹を立てたようだった。機関銃のように怒鳴りだした。

「あなたの奥さんが何してるか知ってるんですか？　ストーカーですよ。ここにいる、あたしの彼を追いかけまわしてるんです。電話やメールをしつこく寄こして、無視してたら家まで押しかけてきたんですよ。あたしの勤め先にも来たし、あたしたちがよ

く行く店まで調べだして。事件にしたら気の毒だと思ってあたしたちずっとがまんしてたんです、でも、もう限界なんですよ。何度話し合っても、もうかかわらないって約束しても意味ないから。あなたの奥さん、おかしいですよ。何とかしてくださいよ。あなたの奥さんなんだからあなたの責任でしょう？」

この娘はまったく本当のことを言っている。小夜子ははじめてそう思った。本当のことだし、正しい。なぜなら今、唯が怒鳴り散らしたことは、光太郎に伝えてほしいと小夜子が望んでいるとおりのことだったから。

光太郎はダイニングの入口に立ちはだかっていたから、彼と向かい合っている唯を先頭にして、海斗と小夜子は短い廊下に一列になっていた。その様は滑稽だったが、その上小夜子は最後尾だった――まるでこの件にもっとも無関係な人間のように。小夜子は光太郎の視線が自分に向けられるのを感じて戦慄した。一瞬の、けれども痛いほど冷ややかな視線。他人どころか忌まわしいものを見るような目。

「ずいぶん失礼だね、あなたは。いきなり人の家に押しかけてきて、家族を中傷して。そっちこそ、自分たちが何をやっているかわかってるんですか」

「中傷じゃなくて事実よ！」

「事実だとは思えないね。妻のことは僕はよくわかっている。君が並べ立てているのは言いがかりというものだろう」

小夜子は喘《あえ》いだ。夫のひと言ひと言が、空気を薄くしていくようだ――小夜子が吸う空気だけを。光太郎はどうしてわかってくれないのだろう。この娘が言っていることは本当なのに。私はおかしいのに。

目の前の海斗の背中もその向こうの唯の姿も最早風景の一部となり、小夜子は光太郎だけを――すでに盗み見る余裕もなく、真っ直ぐに――見ていた。「言いがかりい？」というヒキガエルのような唯の声が響く。

それから小夜子は、夫の答えを聞いた。絶望的な宣告として。

「妻がストーカーするわけがない」

いっそ寝てみればよかった。

海斗は考えてみる。

実際のところ、寝たような気もしている。寝たんでしょ寝たんでしょ寝たんでしょと、どんなに否定しても、唯に責められ続けたせいだ。

もういいだろうと、親海小夜子の家から唯を引っ張って部屋へ連れてきた、そのことでまず揉めた――近頃は会えばたいてい口論になっていたから、いつもはじまるようにはじまった、と言うべきか。これから警察へ行こうというので、もうじゅうぶんだろうと言ったら、あのダンナじゃ埒《らち》があかないから出るところに出ることにしたんじゃないの？　警察に行かないんだったらなんですごすご引き下がってきたの？　とくってかかられた。

出るところに出るとか、ダンナとか、おまえそういうボキャブラリーどこで覚えてくるの？　その夜、ずっと思っていたことを、そのタイミングで口に出してしまった。唯は呆気にとられたように海斗を見た。猛然と反撃されると思いきや、低い声で「わかった」と呟いた。海斗、寝てたんだね、あの女と。

「負い目があるから、強く出られなかったんだ？　そうだったんだ？」

「くだらねえこと言うなよ。おまえだって最初は面白がってたじゃねえか。あのひとを俺の家に呼び込んだのはおまえだろ？」

「ああ、そうなのね。あのあと寝たのね」

「寝てねえよ。それにおまえ、寝たとか言うなよ。女のくせに」

「ごまかさないでよ」

「ごまかしてねえよ」

「海斗、比べてるんでしょう。あのババアとあたしを」

言い返す気力もなくなって口を噤《つぐ》むと、黙り込むのは認めたっていうことねと言い捨てて唯は出ていった。早くフォローしないとこれきりになるぞと思いながら電話もメールもできないまま十日近く経っている。

もういいや。

今日こそ電話するつもりで開いた携帯を、海斗はパチンと閉じた。唯とはたぶんこのまま別れることになるだろう。それならそれでいい。そもそも、たいして好きじゃなかったんだろう。そんな思いまで浮かんでくる。

コンビニで買い物をしてＭＩＮＴに戻ってくると、集合ポストの郵便物が目に入った。アシスタントが取り忘れたな。取り出すと、ＤＭや請求書に混じって、ピンク地に黒猫の模様をあしらった封筒があった。「山田かいと様」と宛名がある。差出人は記されていなかったが、誰からの手紙だか予想がついた。

ビルの外階段の陰に隠れて、中身を取り出す。封がされていないことや、封筒と揃いの便せんではなく素っ気ないレポート用紙が使われていることにも、差出人の気持ちが込められているのだろうと思った。ボールペンで簡潔に書き付けられていたのは怒りだった。母親を「あんなふうにした」美容師への怒り。「もうぜったいに母には近づかないでください」「道で会っても声をかけないでください」「私ももうぜったいにお店には行きません」と、親海かんなは書いていた。筆圧の強い丸っこい字。この年頃の少女らしい可愛い字だ。

「ごめんね」

海斗は声に出して呟いた。その声の冷淡さ、無関心な響きに満足しながら、封筒をズボンの尻ポケットに突っ込んだが、ふと思い出して、財布を開いた。カード入れに挟んでおいた紙片を取り出す。親海小夜子がベリーショートにしたときに書かせた「念書」だ。それを親海かんなの封筒の中に入れ、あらためてポケットに収めた。

こんなものを捨てずにとってあることが唯一にわかったら、それこそ親海小夜子と寝てる証拠になるんだろうな。店内に入りながら海斗は思う。なんで俺は捨てないのかな。親海小夜子やもちろん親海かんなにもはや関心などありはしない。いずれは捨てるだろう。Mのスクラップブックのように。ただ捨てるときが来るまでに、一度か二度、取り出して眺めてみたくなるんだろう。

控え室に入って扉を閉めると、見計らったように携帯が鳴り出した。おそるおそるチェックして、海斗は苦笑いする。原宿の靴屋からのDMだった。

そのメールを消去するとメールボックスは空っぽになった。唯からのメールが来なくなり、親海小夜子からのアプローチも、唯とともに自宅へ押しかけた日以来ぷつりと途絶えている。終わったんだ、と海斗は奇妙に単純に思う。

「山田さん、新規のお客様、三時からでお願いします」

アシスタントの女の子が言いにきた。「OK」と海斗は答えて、コンビニで温めてもらった弁当箱の蓋を開けた。ほの温かい白飯を、箸で大きく掬って口に放り込む。胃の調子はあいかわらず不安定だが、いつの間にかそのことに慣れつつある。

短くした髪はあっという間に伸びて、どうしようかと思っていたら、かんなが新しいヘアサロンを教えてくれた。

「とにかくお洒落なんだよね、内装とか。それで全然つんけんしてないし。すっごく丁寧に相談のってくれるし」

その店を、体操部の「すっごくお洒落な先輩」が教えてくれたのだそうだ。上り方向へ電車で十五分の距離の急行停車駅。ちょっと遠いけど、全然こっちのほうがいいよ、とかんなは、彼女なりの慎重さで言った。

「お母さん、行くのなら、エマさんってひとを指名してね。そうするとあたしにもポイントがつくんだって」

「エマさんって、どういう字を書くの？」

「知らない。名字なのか名前なのかも。外人なのか日本人なのかも。金髪だけどびっくりしないでね」

ははっ、とかんなは笑ってから、女のひとだよ、とさりげなく付け足した。

「よさそうね」

エマさんは「江間さん」だった。小夜子は早速翌日、そのヘアサロン「ハート」を訪れて、それを知った。

「……なんですか？」と江間さんが首を傾げた。鏡の中で、小夜子がクスリと笑ったからだ。

「江間さんのお名前、どんな字を書くのか、名字なのか名前なのかもわからない、って娘が言ってたのよ。なぜご本人に聞かなかったのかしら、聞けない雰囲気だったのかしらって、ここへ来る前に私、考えてたから」

「ああ……」

江間さんは得心がいったようにニッコリ笑った。たしかに彫りが深くて北欧の女性のような顔立ちの美人だ。金色のボブヘア、両耳に夥《おびただ》しい数のピアスがぶら下がっているが、かんなが言ったとおりとても感じがいい。

「お嬢さんくらいの世代の子たちってそうですよね。なんか勝手に納得しちゃうみたい。エマさんはエマさんでしょって」

「うちの娘、江間さんを絶賛してたわ」

「ありがとうございます。お嬢さん体操部なんですってね、スタイルいいですよねえ」

「ええ、ときどき憎らしくなるわ」

「ええと、伸ばしたいということなので、その方向でカットしていきますね」

江間さんは仕事にとりかかった。話題を変えた、ということなのかもしれない。美しさとか若さについて語るときには、慎重にならなければならないとよく知っているのだろう。

同性であるぶんこのひとのほうが賢いのね。小夜子はそうも考えたが、そのとき江間さんと比較していたはずの海斗のことがそれ以上に心を占めることはなかった。来るときにＭＩＮＴの前を通ったこともほとんど覚えていない。その記憶には遠景というほどの濃さもなかった。まるで他人に起きた出来事のように。

小夜子はゆったりした気持ちで鏡の中の自分を眺めた。喜ばしいのは、小夜子が以前の小夜子に戻るとともに、かんなももとの溌剌とした娘に戻ったことだった。娘の成長ぶりには感嘆するしかない。「なかったこと」にする術を、もう身につけたのだから。あるいは成長することに忙しくて、覚えておく価値のあること以外は実際のところ片端から忘れていく、ということなのかもしれない。

「ずっとショートにしてらっしゃったんですか？」

江間さんが聞いた。

「いいえ、ほんの少しの間だけ。気まぐれで」

「ショートもロングも、どっちもお似合いですよね、きっと」

江間さんは如才なくそう言った。

「久しぶり」

女の第一声がそれで、しかもその言葉はまったく自然な感じで発音されたので、光太郎はなぜかちょっと怯《ひる》んだ。

「久しぶりかな」

「イッツ・ジョーク」

女はケラケラと笑い、光太郎の腕に腕を絡ませてきた。

九月半ば、日中はまだ表を歩くと汗を掻くが、日が落ちれば幾分過ごしやすくなってきた。にんにくとごま油と焦げた肉の匂いが満ちる小路を、女に連れられた犬のような心地で光太郎は歩いた。そんな気分になるのは奇妙なことだった——金を出して女を買っているのは自分のほうなのに。

「素敵な靴だね」

馬の蹄《ひづめ》のような足音に注意を引かれて光太郎は言った。

「わかる？　インターネットで注文して昨日届いたんだよ。すっごく高かったんだから」

赤地に黒い蝶の模様を散らした軍艦のようなハイヒールを目にするのは今日がはじめてだったが、ぴったりした白いワンピースは三日前に着ていたのと同じものだった。

ホテルの一室で順番にシャワーを浴びたあと、ことをはじめる前に、光太郎はなぜか女に自分の職業を明かしてしまった。ショッキングピンクのシーツ、裸身にバスタオルを巻いた女、裸身にバスタオルを巻いた自分、それらの間を何かで埋めないとならない、という焦燥に駆られて。

「ああそれ、知ってるよ。コマーシャルでよくやってるでしょう」

女は嬉しそうに、ＣＭのテーマソングを口ずさんだ。

「警備屋さんなんだ……じゃあ、ここも鍵付けてもらおうかな」

女はいきなり挑発的なポーズを取った。余計な会話は、女には隙間を埋めることではなくて広げることに感じられたのかもしれない。

「鍵付けたら不便だろう」

何か実際に顧客の家の窓や玄関を検分しているような気分でその場所を眺めながら光太郎は言った。

「鍵は付けるけど開けとくんだよ、いつも」

女はみっちりと肉がついた脚を光太郎の首に巻きつけながら答えた。

「先輩」

女の言葉の意味を光太郎はつい考えてしまう——たとえば妻が今夜も作ったミートローフの断面の上に。

「先輩。奥さんの料理最高っすね」

「あ?」

光太郎は我に返って顔を上げた。今夜家に呼んだふたりの部下のうちのひとり——田代が「先輩、自分ちの飯なのに、一心不乱に食ってますよね」と続けて笑う。

「先輩なんて呼ぶから、俺のことだってわからなかったんだよ」

光太郎は応じた。田代は転属してきてこの秋から部下になった。「先輩」と呼ぶのは同じ大学卒ということがわかったからだが、みょうに馴れ馴れしくていけ好かないやつだ。そんな男を自分がなぜ夕食に招待してしまったのか、さっぱりわからない。

「奥さん、プロの味っすよ、これ」

田代は今度は小夜子に向かって言った。ありがとう、と小夜子は感じよく微笑む。

「フードプロセッサーを買ったらレシピがついてて、その通りに作っただけなのよ」

「へえ、フードプロセッサー」

「ピーマンとかセロリとかはいってるんだぞ、これ」

光太郎が口を挟むと、えぇーっと田代は予想通りの大げさな反応をする。もうひとりの、以前からの部下である中田が苦笑している。ああ今夜辺り小夜子を抱かなきゃならない、と光太郎は唐突に思った。しばらくの間、妻では勃起しなくなっていたが、この頃は金で買う女の残像を借りて、なんとか体裁を繕えるようになっている。だから今夜辺り、またそろそろ試みなければ。

ああそうか、俺は田代たちを呼んで、そのときまでの隙間を埋めてるんだ、と光太郎は思う。


何かが鳴っていることに小夜子は気づいた。

音は、もうずっと前から――何週間も何ヶ月も、何年も前から――聞こえていたような気がした。ああ携帯電話が鳴ってるんだわ。そのことを理解してからも、しばらくの間その音を聞いていた。

「ごめんなさい。どこで鳴ってるか、わからなくて」

電話に出て、小夜子は言った。かけてきたのは光太郎だった。

「今日、客との打ち合わせが夜になりそうなんだ。そのままどこかで食ってくるから、飯はいいよ」

はい、わかりましたと小夜子は答えた。電話を取ったのに音はまだどこかで聞こえている。次第に大きくなっていくようだ。

「茶漬けくらい食うかもしれないから、ごはんだけ残しておいて」

「ええ」

「あ、それから、今度の週末、夕飯に四人ばかり呼んでもいいかな？」

「会社の人？」

「うん。この前来た田代っていただろう。あいつが職場で、君の料理がうまかったうまかったって大騒ぎして、なんだかそういうことになっちゃってさ」

「わあ……大変だわ、それじゃ」

「普段作ってるようなものでじゅうぶんだよ。どうせ碌《ろく》なもの食ってないやつらばかりだから」

「その言いかたもどうかと思うけど」

笑いながら小夜子が言うと、光太郎も笑い、じゃあよろしくと言って電話を切った。

午前中に掃除を済ませてしまおう、と小夜子は決めた。

掃除機をかけ、床を水拭きもして、一息ついた。冷たい緑茶のグラスとともにダイニングの椅子に掛けた。

テーブルの上にはほかに携帯電話と名刺がある。掃除をしながら名刺を探したのだった。この前来た若い客たちは、小夜子にもわざわざ名刺をくれた――仰々しく振舞って、光太郎や小夜子を面白がらせようという意図だったに違いないが。名刺を受け取ることなど日頃ないので、決まったしまい場所もなくてどこかに置いたままになっていた。結局、キッチンの棚の抽斗《ひきだし》の中にあるのを見つけた。

二枚の名刺。田代剛と中田六郎。似たような名前で、どちらがどちらだったのかもよく覚えていない。さっき光太郎が電話で口にした名前はどちらだったか。田代。たしかそうだった。

田代剛の名刺を小夜子は手に取った。会社の住所、部署名、それにメールアドレスが記されている。

小夜子は田代へのメールを打った。

田代剛さま
こんにちは。親海光太郎の妻の小夜子です。
先日は思いがけず楽しい夜になりました。料理を過分にほめていただき恐縮していま
す。でも、励みになりましたのでぜひまた食事においでください。親海小夜子

躊躇《ちゅうちょ》なく送信ボタンを押した。音が鳴っている。それは今や小夜子の頭の中いっぱいに響いていたが、うるさいという感覚はなかった。ずっとこうだった、と小夜子は思った。もうすっかり慣れてしまった。

解　説

寺島しのぶ

小説を読むとき、いつも、何となく、映像を想像しながら読んでしまうのは、職業病とでもいいましょうか？

私の好きな井上荒野さんの作品に登場する女性たちには、いつも、〝この女性を是非生きてみたい！〟と思わせられてしまうのです。登場人物それぞれ皆、どこかに生き辛さを抱えている。そんな人間臭い人物像に私自身魅力を感じてしまうのです。多面性を持った人物像が頭の中で想像できた瞬間からみるみるうちに引き込まれていきます。

井上さんが描く人物は、一見、ありふれた生活を送っている。でも、ちょっと中を覗いてみると、ぽとり、ぽとりと音がするように知らなかった事実や隠していたことや、出てはいけないものがこぼれ落ちてくる。こぼれ落ちたら、それは後戻りできず、容赦なくぽとり、ぽとりと落ち続ける。この容赦ない溢れ方が井上作品を読む快感。知らない間に引き込まれていって、自分の身を委《ゆだ》ねてしまう。もしかして明日、自分にも起こりうるかもしれない、と感じながら。

『だれかの木琴』の主人公小夜子も、平凡な生活を送っていたはずなのに、自分でもわからない感情に突き動かされて、少しずつ、道を踏み外していく。決して自分とかけ離れた世界ではないので容易に感情移入できるし、自分もいつかそうなってしまうかも！　とある恐怖に囚《とら》われることもある。

魔が差す、ではないけれど、日常のさり気ない瞬間に起こる小さな、些細《ささい》なきっかけがいつの間にか取り返しのつかないくらい大きなことになっている。本当に道を踏み外してしまうのか、踏みとどまって理性が勝つのか。誰もがそんな瀬戸際を抱えて生きているような気がする。小夜子にしてみれば、どうして道を踏み外していったのか。心に隙間《すきま》があったのかもしれない。それは、旦那さんに対する寂しさだったり、娘が成長することでぽっかり心に穴が空いてしまったような感じだったり……。発端はそんな〝よくありがちな〟ことがきっかけだったりするのです。日常生きていくなかで積み重なっていく不安や不満、あまりにありがちだから、本当に誰しもがいつ、小夜子になるかもしれない。その怯《おび》えとも共感ともつかない複雑な感情に胸がざわざわしました。

また、この物語は単なる「ストーカー」の話ではありません。最近ニュースでよく耳にするようなストーカーの果ての残酷な結末、といった「衝撃のストーリー」にはならない。それは、登場人物それぞれの局面にもフォーカスを当て、物語が進んでいっているからだと思います。結局、彼女だけがエスカレートしていってるのではなくて、小夜子に執着される海斗も、そのガールフレンドの唯も、夫の光太郎も、それぞれの抱えるグロテスクさも描かれている。小夜子だけが「あちら側」に行ったわけではない。誰が特別にということではなく、それぞれの人間の嫌らしい部分、隠しておきたい部分が先に言ったようにぽとり、ぽとりと溢れ落ちる。

井上さんの作品はどれも、読み進んでいくうちに、読んではいけないものを読んでしまった！　と思う瞬間があるのです。でも読んではいけないものをあえて読んでいるという喜びを感じているのも事実です。あくまでも表現はソフト。でも読者の妄想はどこまでもいってしまう。嫌らしいところを、嫌らしく書かないのに、そう感じさせる。そこが、井上作品ならではなのではないでしょうか。

勿論長編の大作やメッセージ性の強い作品も読みますが、井上作品は余白の部分が多くて、説明しすぎず潔く読者に委ねていく文章。長編ではない分、凝縮された分量の中に人間の微妙なビブラートがそこかしこにちりばめられ集中力を切れさせない。この井上さんの潔い部分が、読み終わった後に不思議と心地よさが残るのです。スゴいところまでいくのだけれど最終的に本を閉じたときには、心地よいためいきが出る。

〝さりげなくグロい！〟井上作品を一言で言うなら私はこう表現する。

近年、ヒューマンドラマを映画にするとイラン映画の右に出るものはないんじゃないかと思ってしまうほど力強い。題材はごく日常を切り取ったものが多い。特に大きな事件もなく進んでいくのだけれど、音楽を極力削り、人間の関係性と会話力で終始引っ張られていってしまう。でも、日常の一部を切り取り、何事も起こらない、人間それぞれの物語を淡々と映し出す手法は正に小津安二郎の世界。日本の真骨頂であったはず。いつの間にか日本では派手なストーリー性のあるものや、何かやらなければ観客に受けないというような風潮になってしまった。正しく説明過多の容易な世界。

説明をしすぎるから想像をすることをやめる。それをわかってもらおうとまた、説明を付けたす。そういった負の連鎖が今起こってしまっている。『だれかの木琴』がもし映画化されるなら、正に井上作品そのもののように見ている人が充分に想像できるように余白に委ねた、でも緊張感がびんびん張りつめて引きずり込むような映画になってほしい。決して大味ではない人間の僅《わず》かな心の揺れも撮り逃していない映画になってほしい。

以前『だれかの木琴』の書評を新聞に書かせていただいたことがあり、それを井上さんが読んでくださっていて、また、幸運なことにテレビ局でご挨拶する機会もあり、今回この文庫本の解説も書かせていただくことになりました。井上さんとのえにしに心から感謝しております。

その一文をここに引用します。

人生のどこかでふとおこる、忘れられない出来事。それを踏まえて、飲み込んで、また生きていく人間。でもその出来事は人生を、振り返った時にかけがえない自分だけのものだったと思わせてくれる気がします。（二〇一二年七月二十九日

東京新聞）

人間って、ちょっとミスをおかしちゃったり、魔が差してやってしまったことが誰しも人生においてあると思うんです。でも、それを踏まえて生きていかなければならない。なかったことにはできない。おかしてしまったことを受け入れて生きていくって、結構大変なこと。でも、生きていく中で、何かあるのは当然で、必ず何かあるのが人生。だから小夜子も、また家庭に帰ったときに、どこかでふと「出来事」を思い出すかもしれないけど、それをプラスに変えて生きていってほしいな、と。

愚かな部分を書いているのが爽快なのかもしれません。人間ってひとつも学ばない。そう簡単には学ばない。きれいごとで終わってないのも、私は好きなんだろうな。ぽんと放り出す感じというか。読む側にどうなっていくんだろうと想像させてくれる、やはりその余白が井上作品の魅力なのだと思うのです。

——女優

この作品は二〇一一年十二月小社より刊行されたものです。

幻冬舎文庫

●最新刊
青春ふたり乗り
益田ミリ

放課後デート、下駄箱告白、観覧車ファーストキス……甘酸っぱい10代は永遠に失われてしまった。やり残したアレコレを、中年期を迎える今、懐かしさと哀愁を込めて綴る、胸きゅんエッセイ。

●最新刊
走れ！　T校バスケット部6
松崎　洋

N校を退職した陽一はT校バスケ部のコーチとして後輩の指導をすることに。だがそこには、自己中心的なプレイばかりする加賀屋涼がいて……。バスケの醍醐味と感動を描く人気シリーズ第六弾。

●最新刊
キリコはお金持ちになりたいの
松村比呂美

薬などを転売して小銭稼ぎを続ける看護師・霧子は、夫のモラハラに苦しむ元同級生にそっと囁いた。ろくでなしの男なんて、死ねばいいと思わない？　底なしの欲望が炸裂、震慄ミステリ。

●最新刊
クラーク巴里探偵録
三木笙子

人気曲芸一座の番頭・孝介と新入り・晴彦は、贔屓客に頼まれ厄介事を始末する日々。人々の心の謎を解き明かすうちに、二人は危険な計画に巻きこまれていく。明治のパリを舞台に描くミステリ。

●最新刊
密やかな口づけ
吉川トリコ　朝比奈あすか　南　綾子
中島桃果子　遠野りりこ　宮木あや子

娼館に売り飛ばされ調教された少女。SMの世界に足を踏み入れてしまった地味なOL。生徒と関係を持ってしまうピアノ講師。様々な形の愛が描かれた気鋭女性作家による官能アンソロジー。

幻冬舎文庫

●最新刊
オンナ
L・iLy

30歳になってもまだ処女だということに焦る女、婚約者が他の女とセックスしている瞬間を見てしまった女……。女友達にも気軽に話せない、痛すぎる女の自意識とプライドを描いた12の物語。

●好評既刊
血の轍
相場英雄

公安部の差し金により娘を失った怒りを胸に刑事部に生きる男。刑事部で失態を演じ、最後の居場所を公安部と決めた男。所轄時代、盟友だった二人が大事件を巡り激突する……。傑作警察小説！

●好評既刊
緊急取調室
井上由美子・脚本
相田冬二・ノベライズ

緊急取調室で真壁有希子を待っていたのは、厄介な被疑者ばかり。自身の言葉だけを武器に、欲や涙で塗り固められた真実を彼女は見抜けるのか？刑事と被疑者の攻防を描く新しい警察小説。

●好評既刊
ナインデイズ
岩手県災害対策本部の闘い
河原れん

東日本大震災発災にあたり、最前線で奮闘した岩手県災害対策本部。何ができて、何ができなかったのか。その九日間を膨大な取材をもとに克明に綴った、感動のノンフィクションノベル。

●好評既刊
ジャッジ！
澤本嘉光

サンタモニカ国際広告祭で審査員をすることになった落ちこぼれクリエーターの太田と、同僚のひかり。二人を待ち受ける、陰謀渦巻く審査会。恋と仕事、人生最大の審査〈ジャッジ〉が始まった！

●好評既刊
けがれなき酒のへど
西村賢太自選短篇集
西村賢太

十代半ばにして人生に躓き、三十代では風格さえ漂う底辺人間となった北町貫多。だが、彼が望んでいたのは人並みのささやかな幸せだけだった——。持て余す自意識の蠢動を描く、私小説六篇。

●好評既刊
パティシエの秘密推理
お召し上がりは容疑者から
似鳥　鶏

警察を辞めて、兄の喫茶店でパティシエとして働き始めた惣司智。鋭敏な推理力をもつ彼の知恵を借りたい県警本部は、秘書室の直ちゃんを送り込み難解な殺人事件の相談をさせることに——。

●好評既刊
心を整える。
勝利をたぐり寄せるための56の習慣
長谷部　誠

心は鍛えるものではなく、整えるもの。いかなる時でも安定した心を装備することで、常に安定した力と結果を出せると長谷部誠は言う。136万部突破の国民的ベストセラーがついに文庫化！

●好評既刊
深愛
水樹奈々

父に託された演歌歌手への夢を胸に15歳で単身上京、憧れの堀越高校芸能コースへ入学。だがデビューは決まらず、さらに最愛の父が病に倒れ……。超人気声優が綴る感動の自叙伝、ついに文庫化！

●好評既刊
虹の岬の喫茶店
森沢明夫

小さな岬の先端にある喫茶店。美味しいコーヒーとともにお客さんに合った音楽を選曲してくれるおばあさんがいた。心に傷を抱えた人々は、その店との出逢いによって生まれ変わる。

だれかの木琴《もっきん》

井上荒野《いのうえあれの》

平成26年2月10日　初版発行

発行人――石原正康
編集人――永島賞二
発行所――株式会社幻冬舎
〒151-0051東京都渋谷区千駄ヶ谷4-9-7
電話　03(5411)6222(営業)
　　　03(5411)6211(編集)
振替00120-8-767643
印刷・製本―中央精版印刷株式会社
装丁者――高橋雅之

幻冬舎文庫

ISBN978-4-344-42148-6　C0193　い-45-1

幻冬舎ホームページアドレス　http://www.gentosha.co.jp/
この本に関するご意見・ご感想をメールでお寄せいただく場合は、
comment@gentosha.co.jpまで。